日語能力檢定系列

2級檢單

4級から1級までの日本語能力試験対策シリーズ

本局編輯部 編著

✔ **最新・最正確的日檢字庫**
根據《日本語能力試驗 出題基準》
並配合2002年改訂之新基準編纂而成

 三民書局

國家圖書館出版品預行編目資料

2級檢單 / 本局編輯部編著. - 初版三刷. -
臺北市：三民, 2008
面； 公分. -(日語能力檢定系列)

ISBN 9789571443898 （平裝）
1.日本語言詞彙

803.11   94024040

ⓒ 日語能力
檢定系列 **2級檢單**

編著者 本局編輯部
發行人 劉振強
著作財
產權人 三民書局股份有限公司
臺北市復興北路386號
發行所 三民書局股份有限公司
地址／臺北市復興北路386號
電話／(02)25006600
郵撥／00099985
印刷所 三民書局股份有限公司
門市部 復北店／臺北市復興北路386號
重南店／臺北市重慶南路一段61號
初版一刷 2006年1月
初版三刷 2008年11月
編 號 S 805050
行政院新聞局登記證局版臺業字第○二○○號

ISBN 9789571443898 （平裝）

http://www.sanmin.com.tw 三民網路書店

序　言

　　「日本語能力試驗」之宗旨是為日本國內外母語非日語的學習者提供客觀的能力評量。在日本是由「財団法人日本国際教育支援協会」主辦，海外則由「独立行政法人国際交流基金」協同當地機關共同實施。自 1984 年首次舉辦以來日獲重視，於 2004 年全球已有四十個國家，共一百二十九個城市，逾三十萬五千人報名參加考試。1991 年起首度在臺灣舉行，由「財団法人交流協会」主辦，「財團法人語言訓練測驗中心」協辦暨施測，考場分別設置於臺北及高雄兩地。

　　「日本語能力試驗」共分為 4 級，1 級程度最高，4 級則最簡單。考生可依自己的實力選擇適合的級數報考。報名日期定於每年 9 月上旬，於每年 12 月的第一個星期日舉辦考試。翌年 3 月上旬寄發成績單，合格者同時授與「日本語能力認定書」。

在臺灣，「日本語能力試驗」所認定的日語能力相當受到重視，不僅各級學校鼓勵學生報考，許多公司行號在任用員工時亦要求其具備「日本語能力 1 級」資格。赴日留學時，「日本語能力認定書」更是申請學校的必備利器。這樣的屬性使得「日本語能力試驗」猶如英語的托福考試一般受到重視。

為此，本局特以日本國際教育支援協會與國際交流基金共同合編之《日本語能力試驗　出題基準》為藍本，規劃一系列的日語檢定考試用參考書。本書是繼《文法一把抓》後，針對「文字·語彙」部分精心編纂的檢定考試必備良書。期許藉由本書紮實的內容及貼心的設計，可讓更多的學習者簡單學習、輕鬆通過日語檢定考試。

2005 年 11 月
三民書局

2 級 検 單

目　次

本書使用說明

1 字首標示
便於查閱，一目了然

2 讀音
將讀音直接標於漢字上方，同時記憶最有效率

3 漢字表記
區別「常用表記」與「常用外表記」，熟悉正確寫法

4 重音
記憶字彙的同時確保正確發音

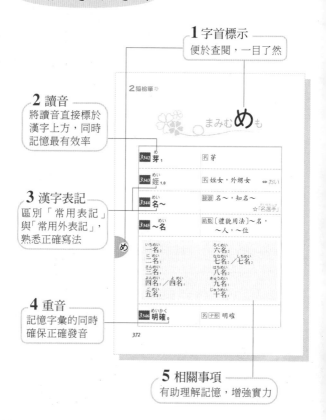

5 相關事項
有助理解記憶，增強實力

6 詞性
辨別詞性,加強理解

7 中文註釋
釋義簡明扼要,
迅速掌握字義、
理解正確用法

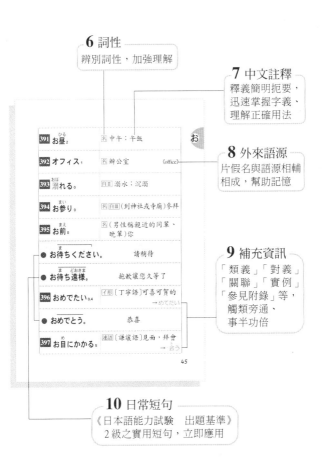

391 お昼。	名 中午;午飯	お
392 オフィス₁	名 辦公室	(office)
393 溺れる。	自Ⅱ 溺水;沉溺	
394 お参り。	名 自Ⅲ (到神社或寺廟)參拜	
395 お前。	名 (男性稱親近的同輩、晚輩)你	
● お待ちください。	請稍待	
● お待ち遠様。	抱歉讓您久等了	
396 おめでたい。₀.₄	イ形〔丁寧語〕可喜可賀的 → めでたい	
● おめでとう。	恭喜	
397 お目にかかる。₅	連語〔謙讓語〕見面,拜會 → 会う	

45

8 外來語源
片假名與語源相輔
相成,幫助記憶

9 補充資訊
「類義」「對義」
「關聯」「實例」
「參見附錄」等,
觸類旁通、
事半功倍

10 日常短句
《日本語能力試験　出題基準》
2級之實用短句,立即應用

7

1 字首標示 以側標明示開頭文字，並依開頭文字
不同另起新頁。

2 讀音 將讀音直接標注於漢字上方，同時記憶最
有效率。

3 漢字表記 以昭和56年公佈之「常用漢字表」為
基準。

　3-1「常用表記」：以原色標示，包括「常用漢字
表」範圍內（包含附表）的漢字及音訓。

　3-2「常用外表記」：以淺色字標示，包括「常用
漢字表」之外的漢字及「雖為表內漢字但表中
未標示該音訓者」。

4 重音 採畫線及數字雙標示。

　4-1 單字右下方標有兩個（或兩個以上）數字者
表示該字有兩種（或兩種以上）唸法。

　4-2 接頭語、接尾語、助數詞中，因連接語詞而
使音調產生變化者則未加以標示。

　4-3 日常短句之音調採畫線標示。

5 相關事項 簡潔補充文法事項與相關詞句，有助
理解記憶，增強實力。

6 詞性　方框□內表示詞性。

符號	日文名稱	代表意義
名	名詞	名詞
助数	助数詞	量詞
代	代名詞	代名詞
イ形	イ形容詞	イ形容詞（形容詞）
ナ形	ナ形容詞	ナ形容詞（形容動詞）
タルト	タル形容詞	タル形容詞〔以「～たる（修飾名詞）」或「～と（副詞用法）」使用〕
自Ⅰ	自動詞Ⅰ	第一類自動詞（五段活用自動詞）
自Ⅱ	自動詞Ⅱ	第二類自動詞（上、下一段活用自動詞）
自Ⅲ	自動詞Ⅲ	第三類自動詞（カ變、サ變活用自動詞）
他Ⅰ	他動詞Ⅰ	第一類他動詞（五段活用他動詞）
他Ⅱ	他動詞Ⅱ	第二類他動詞（上、下一段活用他動詞）
他Ⅲ	他動詞Ⅲ	第三類他動詞（サ變活用他動詞）
助動	助動詞	助動詞
副	副詞	副詞
接続	接続詞	接續詞（連接詞）
感	感動詞	感嘆詞
連体	連体詞	連體詞
助	助詞	助詞
接頭	接頭語	接頭語
接尾	接尾語	接尾語
連語	連語	連語（詞組）

7 **中文註釋**　扼要說明字義及接續上之注意事項，
　　　　　　　　有助迅速掌握字義、理解正確用法。

8 **外來語源**　雙角括弧《 》內表示外來語源及國家，
　　　　　　　　前方未標示國名者則表示源自英語。

　　例如：**メニュー**　《法 menu》
　　　　　　表示「**メニュー**」源自於法語之 menu 一字。

9 **補充資訊**　以下列六種符號表示該字彙之關聯
　　　　　　　　字彙，非本級字則於該字左上方標示
　　　　　　　　所在級數。

　　→ … 「同義字」或「類義字」

　　⇔ … 「成對字」或「反義字」

　　∞ … 「相關字」

　　★ … 「《日本語能力試驗　出題基準》揭示實例」

　　☆ … 編輯部精心補充之「應用實例」

　　☞ … 「參見附錄」

　　例如：**あんなに**　　∞ こんなに、³そんなに
　　　　　　表示「**あんなに**」與本級單字之「こんなに」
　　　　　　及 3 級單字之「そんなに」相關。

10 **日常短句**　完整收錄《日本語能力試驗　出題基準》
　　　　　　　　2 級範圍內之日常生活短句。

其他符號説明

（　）…表示可省略括弧內的字詞或作補充說明。

〔　〕…表示文法說明。

／…表示「或」之意。

あ いうえお

1 あ（っ）₁	感 啊，哎呀	
	☆「あっ、危ない」	
2 愛₁ あい	名 愛	
3 相変わらず。 あいか	副 仍舊，仍然	
4 愛情。 あいじょう	名 關愛；愛情	
5 合図₁ あい ず	名 自Ⅲ 信號，暗號	
	☆「目で合図する」	
6 アイスクリーム₅	名 冰淇淋	《ice cream》
7 愛する₃ あい	他Ⅲ 愛，喜愛	⇔ 憎む にく
8 相手₃ あいて	名 對方，對象； （競爭）對手，敵手	

あ

9 アイデア／ アイディア 1,3	名 主意，點子	《idea》
10 あいにく 0	副 ナ形 不巧	
11 曖昧 0	ナ形 曖昧的，含糊的	
12 アイロン 0	名 熨斗	《iron》
13 遭う 1	自Ⅰ 遇上，遭逢	
14 アウト 1	名 (球)出界；(棒球)出局	《out》
15 扇ぐ 2	他Ⅰ 搧，搧風	
16 青白い 4	イ形 青白色的； (臉色)蒼白的	
17 明かり 0	名 亮光；燈火 ☆「明かりをつける」	
18 明き／空き 0	名 空隙；閒暇	

19 明^{あき}らか ₂	ナ形 明顯的，顯然的	
20 諦^{あきら}める ₄	他Ⅱ 死心，放棄	
21 飽^あきる ₂	自Ⅱ 飽膩；厭煩 ☆「勉強^{べんきょう}に飽^あきる」	
22 呆^{あき}れる ₀	自Ⅱ 傻眼，愕住	
23 握手^{あくしゅ} ₁	名 自Ⅲ 握手；和好，合作	
24 アクセント ₁	名 重音，語調	《accent》
25 欠伸^{あくび} ₀	名 自Ⅲ 呵欠，哈欠	
26 悪魔^{あくま} ₁	名 惡魔，魔鬼	
27 飽^あくまで ₁,₂	副 徹底，到底	
28 明^あくる〜 ₀	連体 次，翌 ☆「明^あくる日^ひ」	

あ

29	明け方。 <ruby>明<rt>あ</rt></ruby>け<ruby>方<rt>がた</rt></ruby>	名 黎明，拂曉
30	明ける。 <ruby>明<rt>あ</rt></ruby>ける	自II 天亮；新年開始；期滿 ⇔³ <ruby>暮<rt>く</rt></ruby>れる
31	揚げる。 <ruby>揚<rt>あ</rt></ruby>げる	他II 油炸；使飄揚 ☆「<ruby>旗<rt>はた</rt></ruby>を<ruby>揚<rt>あ</rt></ruby>げる」
32	憧れる。 <ruby>憧<rt>あこが</rt></ruby>れる	自II 憧憬，嚮往
33	足跡 ₃ <ruby>足<rt>あし</rt></ruby><ruby>跡<rt>あと</rt></ruby>	名 足跡，腳印；行蹤
34	足元 ₃,₄ <ruby>足<rt>あし</rt></ruby><ruby>元<rt>もと</rt></ruby>	名 腳下；腳步；身旁
35	味わう ₃,₀ <ruby>味<rt>あじ</rt></ruby>わう	他I 品嚐；體驗
36	預かる ₃ <ruby>預<rt>あず</rt></ruby>かる	他I 保管、照料；掌管 ∞ <ruby>預<rt>あず</rt></ruby>ける
37	預ける ₃ <ruby>預<rt>あず</rt></ruby>ける	他II 寄放 ∞ <ruby>預<rt>あず</rt></ruby>かる
38	汗 ₁ <ruby>汗<rt>あせ</rt></ruby>	名 汗

39 与える_{あた}。	他Ⅱ 給，授予；帶來	☆「機会を与える」_{き かい あた}
40 温かい_{あたた} ₄	イ形 (水)溫的； (人情)溫暖的	⇔ ⁴冷たい_{つめ}
41 暖まる／温まる_{あたた}_{あたた} ₄	自Ⅰ 暖和	⇔ 冷える_ひ ∞ 暖める／温める_{あたた}_{あたた}
42 暖める／温める_{あたた}_{あたた} ₄	他Ⅱ 溫熱	⇔ 冷やす_ひ ∞ 暖まる／温まる_{あたた}_{あたた}
43 辺り_{あた} ₁	名 附近，一帶； (時間、程度)左右	
44 当たり前_あ_{まえ}。	名 ナ形 當然；普通	
45 当たる_あ。	自Ⅰ 碰撞；命中；中獎； (光、風、雨等)曝晒吹打	
46 あちこち_{2,3}	代 到處	→あちらこちら
47 あちらこちら₄	代 到處	→あちこち
48 扱う_{あつか} _{0,3}	他Ⅰ 使用，操作；處理； 對待	

あ

49 厚^{あつ}かましい₅	イ形 厚臉皮的
50 圧縮^{あっしゅく}₀	名 他Ⅲ 壓縮
51 集^{あつ}まり ₄,₀,₃	名 聚集，集合；集會
52 宛^あて名^な₀	名 收件人姓名（及住址）
53 当^あてはまる₄	自Ⅰ 適用，合乎 ∞当^あてはめる
54 当^あてはめる₄	他Ⅱ 適用，套用 ∞当^あてはまる
55 当^あてる₀	他Ⅱ 使碰撞；使命中；中（獎） 猜；使接觸（光、風、雨）
56 跡^{あと}₁	名 痕跡；遺跡；跡象
57 あと₁	接続 然後，接下來
58 穴^{あな}₂	名 洞，孔；漏洞，缺失

59 あば 暴れる。	自II 大鬧；狂暴
60 あぶら 油。	名 油
61 あぶら 脂。	名 脂肪
62 あぶ あぶ 焙る／炙る₂	他I 烘，烤　★「火にあぶる」
63 あふ 溢れる₃	自II 溢出；充滿，洋溢
64 あまど 雨戸₂	名 木板套窗，防雨板
65 あま 甘やかす₄.₀	他I 嬌寵，縱容
66 あま 余り₃	名 剩餘，多餘；餘數
67 あま 余る₂	自I 剩餘；超過
68 あ もの 編み物₂	名 編織；針織品

あ

69 あ 編む ₁	他Ⅰ 編，織；編輯
70 あや 危うい ₀,₃	イ形 危險的　☆「いのち あや 命が危うい」
71 あや 怪しい ₀,₃	イ形 詭異的；可疑的
72 あやま 誤り ₄,₀,₃	名 錯誤
73 あら ₁	感〔女性用語〕哎呀，唉唷
74 あら 荒い ₀	イ形 激烈的；粗暴的
75 あら 粗い ₀	イ形 (紋理)粗大的；粗糙的 ⇔³細かい
76 あらし 嵐 ₁	名 暴風；暴風雨
77 あらすじ 粗筋 ₀	名 梗概，概要
78 あらそ 争う ₃	他Ⅰ 競爭，爭奪；爭論

79 新^{あら}た₁	ナ形 新的	
80 改^{あらた}めて₃	副 再次，另行；重新，再	
81 改^{あらた}める₄	他Ⅱ 更改；改正	
82 あらゆる₃	連体 一切，所有	
83 表^{あらわ}す₃	他Ⅰ 表現，表示	
84 現^{あらわ}す₃	他Ⅰ 顯露，呈現	⇔隠^{かく}す ∞現^{あらわ}れる
85 著^{あらわ}す₃	他Ⅰ 著作	
86 現^{あらわ}れ_{4,0,3}	名 表現，顯現	
87 現^{あらわ}れる₄	自Ⅱ 出現，顯現	⇔隠^{かく}れる ∞現^{あらわ}す
88 有^あり難^{がた}い₄	イ形 令人感謝的；慶幸的	

あ

● (どうも)ありがとう。　　(非常)謝謝

| 89 | 或^ある₁ | 連体 某～ | ☆「ある性質^{せいしつ}」、「ある程度^{ていど}」 |

89 或<ruby>或<rt>あ</rt></ruby>る₁　　連体 某～　　☆「ある性質」、「ある程度」

90 或<ruby>或<rt>ある</rt></ruby>いは₂　　接続 或，或者

91 アルバム₀　　名 相簿；(音樂)專輯
《album》

92 あれ₁,₂　　感 (表驚訝)咦

93 あれこれ₂　　代副 這個那個；種種

94 荒<ruby>荒<rt>あ</rt></ruby>れる₀　　自II (風、浪等)猛烈；荒廢；脫序，狂暴

95 泡<ruby>泡<rt>あわ</rt></ruby>₂　　名 泡沫，氣泡

96 合<ruby>合<rt>あ</rt></ruby>わせる₃　　他II 合起；合計；使一致；核對

97 慌<ruby>慌<rt>あわ</rt></ruby>ただしい₅　　イ形 匆忙的，忙亂的
☆「慌<ruby>慌<rt>あわただ</rt></ruby>しい毎日<rt>まいにち</rt>」

98	<ruby>慌<rt>あわ</rt></ruby>てる。	自II 慌張；急忙
99	<ruby>哀<rt>あわ</rt></ruby>れ₁	名 ナ形 可憐，悲哀；悽涼
100	<ruby>案<rt>あん</rt></ruby>₁	名 計畫，提案；主意
101	<ruby>安易<rt>あんい</rt></ruby>_{1,0}	名 ナ形 容易；輕易，隨便
102	<ruby>案外<rt>あんがい</rt></ruby>_{1,0}	名 ナ形 副 出乎意料 →意外
103	<ruby>暗記<rt>あんき</rt></ruby>。	名 他III 默記，背
104	<ruby>安定<rt>あんてい</rt></ruby>。	名 自III 安定，穩定
105	アンテナ。	名 天線　　　　《antenna》
106	あんなに。	副 那麼地，那樣地 ∞ こんなに、³そんなに
107	あんまり。	副 太～；(接否定)不怎麼～ →⁴あまり

い

108 胃。 <small>い</small>	名 胃
109 ～位 <small>い</small>	助数 （排序、數位等）～位 ☆「第一位」、「百位の数」 <small>だいいち い ひゃくい かず</small>

一位₂ <small>いち い</small>	六位₂ <small>ろく い</small>
二位₁ <small>に い</small>	七位₂ <small>なな い</small>
三位₁ <small>さん い</small>	八位₂ <small>はち い</small>
四位₁ <small>よん い</small>	九位₁ <small>きゅう い</small>
五位₁ <small>ご い</small>	十位₁ <small>じゅう い</small>

110 言い出す₃ <small>い だ</small>	他I 開口，說出
111 言い付ける₄ <small>い つ</small>	他II 吩咐；告狀
112 委員₁ <small>いいん</small>	名 委員

113 意外_{0,1} いがい	ナ形 出人意外的	→ 案外 あんがい
114 行き／行き。 い　　　　ゆ	名 去，去程	⇔ ³帰り かえ
115 息₁ いき	名 呼吸，氣息	
116 意義₁ いぎ	名 意義	
117 生き生き₃ い　　い	副 自Ⅲ 栩栩如生；生氣勃勃	
118 勢い₃ いきお	名 威力，氣勢；勢力；形勢	
119 いきなり。	副 突然，冷不防地 ☆「いきなり飛び出す」 と　だ	
120 生き物_{3,2} い　もの	名 生物	
121 幾〜₁ いく	接頭 幾〜，多少〜；好幾〜 ☆「幾度」、「幾万」 いくたび　いくまん	
122 育児₁ いくじ	名 育兒，哺育幼兒	

13

い

123 ^{いくぶん} **幾分**。	副 有點兒，稍微	
124 ^{い ばな} **生け花**₂	名 插花，花道	
125 ^{い ご} **以後**₁	名 〜以後；今後	⇔ ^{い ぜん}以前 ☆「^{じゅうじ い ご}10時以後」
126 ^{い こう} **以降**₁	名 〜以後	⇔ ^{い ぜん}以前 ☆「^{あした い こう}明日以降」
127 **イコール**₂	名 相等，等於；等號	《equal》
128 ^{いさ} **勇ましい**₄	イ形 勇敢的；振奮人心的	
129 ^{い し} **医師**₁	名 醫師，醫生	→⁴^{い しゃ}医者
130 ^{い し} **意思**₁	名 意思，想法	
131 ^{い し} **意志**₁	名 意志；意向，想法	
132 ^{い じ} **維持**₁	名 他Ⅲ 維持，維護	

133 意識 [いしき] ₁	名 他Ⅲ 意識，知覺；察覺
134 異常 [いじょう] ₀	名 ナ形 異常
135 衣食住 [いしょくじゅう] ₃,₂	名 衣食住(生活基本需求)
136 意地悪 [いじわる] ₃,₂	名 ナ形 刁難，惡意； 壞心的人
137 泉 [いずみ] ₀	名 泉水；〔喻〕泉源
138 いずれ ₀	代 哪個，任一 副 遲早；近期內，不久
139 以前 [いぜん] ₁	名 ～以前；從前 ⇔ 以後 [いご]、以降 [いこう]
140 板 [いた] ₁	名 板子
141 偉大 [いだい] ₀	ナ形 偉大的
142 抱く [いだく] ₂	他Ⅰ 懷抱，抱持

い

143 いたずら 悪戯 ₀	名 自Ⅲ ナ形 淘氣，惡作劇
144 いた 痛み ₃	名 疼痛；傷痛，苦痛
145 いた 痛む ₂	自Ⅰ 痛，疼；痛苦
146 いた 至る ₂,₀	自Ⅰ 至，到
147 ～一	名 ～第一　　★「日本一」 にっぽんいち
148 い ち 位置 ₁	名 自Ⅲ 位置，位於；地位
149 いちいち 一々 ₂	副 一一，全部 ☆「いちいち文句をつける」 もんく
150 いちおう 一応 ₀	副 大致；姑且
151 いちじ 一時 ₂	名 一時，暫時
152 いちだん 一段と ₀	副 更加，越發　　→いっそう ☆「一段ときれいになった」 いちだん

153 いちど **一度に** 3	副 同時，一下子
154 いちば **市場** 1	名 市場
155 いちぶ **一部** 2	名 一部分； （書報）一本，一份　⇔ ぜんたい せんぶ 全体，4全部
156 いちりゅう **一流** 0	名 第一流；一個流派
157 いつ **何時か** 1	副 日後；曾經；不知何時
158 いっか **一家** 1	名 全家；（學術、技藝等）一派
159 いっさくじつ **一昨日** 4	名 前天　　→4おととい
160 いっさくねん **一昨年** 0,4	名 前年　　→4おととし
161 いっしゅ **一種** 1	名 一種；某種
162 いっしゅん **一瞬** 0	名 一瞬間，一刹那

い

163 <ruby>一生<rt>いっしょう</rt></ruby>。	名 一生，終身
164 <ruby>一斉<rt>いっせい</rt></ruby>。	名 一齊，同時
165 <ruby>一斉<rt>いっせい</rt></ruby>に。	副 一齊，同時
166 <ruby>一層<rt>いっそう</rt></ruby>。	副 更加，越發 →<ruby>一段<rt>いちだん</rt></ruby>と
167 <ruby>一体<rt>いったい</rt></ruby>。	副 究竟，到底
168 <ruby>一旦<rt>いったん</rt></ruby>。	副 一旦，一度；暫且
169 <ruby>一致<rt>いっち</rt></ruby>。	名 自Ⅲ 一致，相符
170 <ruby>一定<rt>いってい</rt></ruby>。	名 自他Ⅲ 一定，固定
● <ruby>行<rt>い</rt></ruby>ってきます。	我走了，我出門了
171 <ruby>何時<rt>いつ</rt></ruby>でも 1,3	副 隨時

172	<ruby>何時<rt>いつ</rt></ruby>の<ruby>間<rt>ま</rt></ruby>にか_{5,4}	副 不知何時，不知不覺中
173	<ruby>一般<rt>いっぱん</rt></ruby>₀	名 ナ形 普通，普遍 ⇔ <ruby>特殊<rt>とくしゅ</rt></ruby>
174	<ruby>一般<rt>いっぱん</rt></ruby>に₀	副 普遍，一般
175	<ruby>一方<rt>いっぽう</rt></ruby>₃	名 一側；片面； （兩個中的）一方
176	<ruby>何時<rt>いつ</rt></ruby>までも₁	副 永遠
177	<ruby>移転<rt>いてん</rt></ruby>₀	名 自他Ⅲ 遷移； 移轉（權利等）
178	<ruby>井戸<rt>いど</rt></ruby>₁	名 井
179	<ruby>緯度<rt>いど</rt></ruby>₁	名 緯度 ⇔ <ruby>経度<rt>けいど</rt></ruby>
180	<ruby>移動<rt>いどう</rt></ruby>₀	名 自他Ⅲ 移動
181	<ruby>従兄弟<rt>いとこ</rt></ruby>／<ruby>従姉妹<rt>いとこ</rt></ruby>₂	名 堂兄弟，堂姉妹， 表兄弟，表姉妹

い

182 稲₁ _{いね}	名 稲	
183 居眠り₃ _{い ねむ}	名 自Ⅲ 打瞌睡	
184 命₁ _{いのち}	名 生命；壽命；命脈	
185 威張る₂ _{い ば}	自Ⅰ 逞威風，擺架子	
186 違反₀ _{い はん}	名 自Ⅲ 違反 ☆「交通規則に違反する」 _{こうつう き そく　い はん}	
187 衣服₁ _{い ふく}	名 衣服	
188 居間₂ _{い ま}	名 起居室，客廳	
189 今に₁ _{いま}	副 即將，就要	
190 今にも₁ _{いま}	副 馬上，眼看就要	
191 イメージ₂,₁	名 形象，印象	《image》

192 否₁　^{いや}　　感 不

193 嫌がる₃　^{いや}　　他I 討厭，不願意

194 いよいよ₂　　副 更加；終於

195 以来₁　^{いらい}　　名 以來

196 依頼₀　^{いらい}　　名 他III 委託；依賴，依靠

197 いらいら₁　　副 自III 著急，焦躁

198 医療_{1.0}　^{いりょう}　　名 醫療

199 煎る／炒る₁　^い　^い　　他I 乾炒　　☆「豆をいる」^{まめ}

200 入れ物₀　^い　^{もの}　　名 容器，器皿

201 岩₂　^{いわ}　　名 岩，岩石

い

202 祝い₂ _{いわ}	名 祝賀；賀禮，賀詞
203 祝う₂ _{いわ}	他Ⅰ 祝賀，慶祝；祝福
204 言わば₂,₀,₁ _い	副 說起來，可說是
205 いわゆる₃,₂	連体 所謂的
206 インク／インキ₀,₁	名 墨水；油墨　　《ink》
207 印刷₀ _{いんさつ}	名 他Ⅲ 印刷
208 印象₀ _{いんしょう}	名 印象
209 引退₀ _{いんたい}	名 自Ⅲ 引退，退休
210 インタビュー₁	名 自Ⅲ 採訪，訪問　《interview》
211 引用₀ _{いんよう}	名 他Ⅲ 引用

212 引力 ₁ （いんりょく）　　名 引力

う

あい **う** えお

213	**ウイスキー** 3,2	名 威士忌　　《whisky》
214	**ウーマン** 1	名 女性，婦女　　《woman》
215	**ウール** 1	名 羊毛；(羊)毛織品　　《wool》
216	**ウエートレス／ウエイトレス** 2	名 (餐飲)女服務生　　《waitress》
217	うえき **植木** 0	名 栽種的樹木；盆栽
218	う **飢える** 2	自Ⅱ 飢餓；渴求
219	うお **魚** 0	名 魚，魚類　　☞ 十二星座
220	うがい **嗽** 0	名 自Ⅲ 漱口

221 浮^うかぶ。	自I 漂浮；浮現 ⇔沈^{しず}む ∞浮^うかべる
222 浮^うかべる。	他II 使浮起；顯現 ∞浮^うかぶ
223 浮^うく。	自I 浮起，浮出 ⇔沈^{しず}む ☆「氷^{こおり}は水^{みず}に浮^うく」
224 承^{うけたまわ}る 5,0	他I〔謙讓語〕恭聽；聽從，聽取
225 受^うけ取^とり。	名 收，領；收據
226 受^うけ取^とる 0,3	他I 收，領；理解
227 受^うけ持^もつ 3,0	他I 擔任，擔當
228 動^{うご}かす 3	他I 移動；啟動；打動 ∞³動^{うご}く
229 兎^{うさぎ}。	名 兔
230 牛^{うし}。	名 牛

25

う

231 <ruby>失<rt>うしな</rt></ruby>う。	他 I 失去；錯失 ⇔ <ruby>得<rt>え</rt></ruby>る ☆「<ruby>自信<rt>じしん</rt></ruby>を<ruby>失<rt>うしな</rt></ruby>う」
232 <ruby>薄暗<rt>うすぐら</rt></ruby>い 0,4	イ形 微暗的
233 <ruby>薄<rt>うす</rt></ruby>める 0,3	他 II 稀釋，調淡
234 <ruby>疑<rt>うたが</rt></ruby>う。	他 I 懷疑，疑惑 ⇔ <ruby>信<rt>しん</rt></ruby>じる
235 <ruby>打<rt>う</rt></ruby>ち<ruby>合<rt>あ</rt></ruby>わせ。	名 (事前)協商，討論
236 <ruby>打<rt>う</rt></ruby>ち<ruby>合<rt>あ</rt></ruby>わせる 5,0	他 II (事前)協商，討論
237 <ruby>打<rt>う</rt></ruby>ち<ruby>消<rt>け</rt></ruby>す 0,3	他 I 否認
238 <ruby>宇宙<rt>うちゅう</rt></ruby> 1	名 宇宙
239 <ruby>討<rt>う</rt></ruby>つ 1	他 I 討伐
240 <ruby>撃<rt>う</rt></ruby>つ 1	他 I 射擊

241 うっかり 3	副 自Ⅲ 不小心，不留神 ☆「うっかり財布を落とした」
242 映す 2 <small>うつ</small>	他Ⅰ 映，照；放映　∞映る <small>うつ</small>
243 移す 2 <small>うつ</small>	他Ⅰ 搬遷；轉移　∞ 3移る <small>うつ</small> ☆「計画を実行に移す」 <small>けいかく じっこう うつ</small>
244 訴える 4,3 <small>うった</small>	自他Ⅲ 控訴，控告； 　　　傾訴(不滿等)；訴諸
245 写る 2 <small>うつ</small>	自Ⅰ 顯像，照相；透映 ∞ 3写す <small>うつ</small>
246 映る 2 <small>うつ</small>	自Ⅰ 映照；相襯　∞映す <small>うつ</small> ☆「鏡に映った顔」 <small>かがみ うつ かお</small>
247 饂飩 0 <small>うどん</small>	名 烏龍麵
248 頷く 3,0 <small>うなず</small>	自Ⅰ (表示同意、了解)點頭
249 唸る 2 <small>うな</small>	自Ⅰ 呻吟；發出讚嘆聲
250 奪う 2 <small>うば</small>	他Ⅰ 奪走，剝奪； 　　　吸引(人心、目光)

う

251 うま **馬** 2	名 馬	
252 う **生まれ** 0	名 出生；出生地； 出身，家世	
253 う む **有無** 1	名 有無	
254 うめ **梅** 0	名 梅，梅子	
255 う **埋める** 0	他Ⅱ 掩埋；布滿；填補	
256 うやま **敬う** 3	他Ⅰ 尊敬	
257 うらがえ **裏返す** 3	他Ⅰ (將～)翻面，翻過來	
258 うら ぎ **裏切る** 3	他Ⅰ 背叛；辜負	
259 うらぐち **裏口** 0	名 後門；走後門	
260 うらな **占う** 3	他Ⅰ 占卜，算命	

261	恨み ３ うら	名 怨恨
262	恨む ２ うら	他Ⅰ 恨，懷恨
263	羨ましい ５ うらや	イ形 令人羨慕的
264	羨む ３ うらや	他Ⅰ 羨慕；嫉妒
265	売り上げ ０ う あ	名 銷售金額
266	売り切れ ０ う き	名 賣完，銷售一空
267	売り切れる ４ う き	自Ⅱ 賣完，銷售一空
268	売れ行き ０ う ゆ	名 銷路　　☆「売れ行きがよい」うゆ
269	売れる ０ う	自Ⅱ 暢銷；有名氣
270	うろうろ １	副 自Ⅲ 徘徊；彷徨失措

う

271 うわ **上〜**	接頭 上〜 ☆「上あご」、「上唇」	
272 うわさ **噂** 0	名 他Ⅲ 謠傳；背後議論	
273 うん **運** 1	名 命運，運氣	
274 うん が **運河** 1	名 運河	
275 うんと 0,1	副 很多；(程度)大大地 ☆「うんとある」	

あいう **え** お

276 え（っ）₁	感 咦	
277 えいえん **永遠** ₀	名 ナ形 永遠，永恆 →永久 えいきゅう	
278 えいきゅう **永久** ₀	名 ナ形 永久，恆久 →永遠 えいえん	
279 えいきょう **影響** ₀	名 自Ⅲ 影響 ☆「影響を及ぼす」 えいきょう　およ	
280 えいぎょう **営業** ₀	名 自Ⅲ 営業	
281 えいせい **衛生** ₀	名 衛生	
282 えいぶん **英文** ₀	名 英文文章	
283 えいよう **栄養** ₀	名 営養	

え

284	^{えい わ}**英和** ₀	名 〔略語〕英日辭典	⇔ ^{わえい}和英
285	**ええと** ₀	感 (談話中思考時所發之聲)嗯…	
286	^{え がお}**笑顔** ₁	名 笑臉，笑容	
287	^{えが}**描く** ₂	他Ⅰ 畫，描繪；描寫	
288	^{えきたい}**液体** ₀	名 液體	∞ ^{きたい こたい}気体、固体
289	^{えさ}**餌** _{2,0}	名 餌，飼料；誘餌	
290	**エチケット** _{1,3}	名 禮節，禮貌	《法étiquette》
291	**エネルギー** _{2,3}	名 精力；能量；能源 《德Energie》	
292	^{え ぐ}**絵の具** ₀	名 繪圖顏料	
293	**エプロン** _{1,0}	名 圍裙	《apron》

294	えら 偉い₂	イ形 卓越的；地位崇高的
295	え　　　　う 得る／得る₁	他Ⅱ 得到　　　　　　　　うしな ⇔失う

① 「うる」只有連體修飾及終止形用法。

② 「得る」作「否定形」與「過去式」時只能唸作「え
ない」與「えた」。

☆ きょか
許可を得る。（える／うる）

☆ 得るところが多い。（える／うる）

296	えん 円₁	名圓，圓形； （日幣單位）日圓
297	えん 〜園	接尾 〜園 しょくぶつえん　　ようちえん ☆「植物園」、「幼稚園」
298	えんかい 宴会₀	名宴會
299	えんき 延期₀	名 他Ⅲ 延期
300	えんぎ 演技₁	名 自Ⅲ 演技；表演

え

301 えんげい **園芸** ₀	名 園藝	
302 えんげき **演劇** ₀	名 戲劇	しばい → 芝居
303 えんしゅう **円周** ₀	名 圓周	
304 えんしゅう **演習** ₀	名 自Ⅲ 演習 名 他Ⅲ 練習	しょうぼうえんしゅう ☆「消防演習」 えんしゅうもんだい ☆「演習問題」
305 えんじょ **援助** ₁	名 他Ⅲ 援助	
306 **エンジン** ₁	名 引擎，發動機	《engine》
307 えんぜつ **演説** ₀	名 自Ⅲ 演說，演講	
308 えんそう **演奏** ₀	名 他Ⅲ 演奏	
309 えんそく **遠足** ₀	名 遠足，郊遊	
310 えんちょう **延長** ₀	名 他Ⅲ 延長	

311 えんとつ
煙突。 名 煙囪

お

あいうえ**お**

312 お 御〜／御〜 おん	接頭 後接名詞表示敬意 ☆「お礼」、「御礼」 れい おんれい
313 おい₁	感 (男性對同輩、晚輩的招呼語)喂
314 おい 甥₀	名 姪子，外甥 ⇔めい
315 お か 追い掛ける₄	他Ⅱ 追趕，追逐
316 お こ 追い越す₃	他Ⅰ 超過，趕過去
317 お つ 追い付く₃	自Ⅰ 追到，趕上
318 おい 於て₁,₀	連語 於，在；在〜方面 ☆「東京において行う」 とうきょう おこな
319 オイル₁	名 油；石油 《oil》 ☆「サラダオイル」

320 王[1] _{おう}	名 國王；王，首領	⇔ 女王 _{じょおう}
321 追う[0] _お	他Ⅰ 追；驅趕	⇔ [3]逃げる _に
322 応援[0] _{おうえん}	名 他Ⅲ 加油，聲援；支援	
323 王様[0] _{おうさま}	名〔敬稱〕國王；王，首領	
324 王子[1] _{おうじ}	名 王子	⇔ 王女 _{おうじょ}
325 王女[1] _{おうじょ}	名 公主	⇔ 王子 _{おうじ}
326 応じる／応ずる[0,3] _{おう おう}	自Ⅱ 自Ⅲ 回應；應允；因應	
327 応接[0] _{おうせつ}	名 自Ⅲ 應接，接待	
328 応対[0,1] _{おうたい}	名 自Ⅲ 應對，應答	
329 横断[0] _{おうだん}	名 他Ⅲ 橫越；橫貫 ☆「大陸を横断する」 _{たいりく おうだん}	

37

お

330	<ruby>横断歩道<rt>おうだんほどう</rt></ruby> 5	名 斑馬線，行人穿越道
331	<ruby>往復<rt>おうふく</rt></ruby> 0	名 自III 往返，來回 ⇔ <ruby>片道<rt>かたみち</rt></ruby>
332	<ruby>欧米<rt>おうべい</rt></ruby> 0	名 歐美
333	<ruby>応用<rt>おうよう</rt></ruby> 0	名 他III 應用，運用
334	<ruby>終える<rt>お</rt></ruby> 0	他II 結束，完成 ⇔ <ruby>始める<rt>はじ</rt></ruby>³ ∞ <ruby>終わる<rt>お</rt></ruby>⁴
335	おお 1	感 (用於應答或想起某事時)哦，啊
336	<ruby>大<rt>おお</rt></ruby>～	接頭 大～；多～；非常～ ☆「<ruby>大雨<rt>おおあめ</rt></ruby>」、「<ruby>大人数<rt>おおにんずう</rt></ruby>」、「<ruby>大喜び<rt>おおよろこ</rt></ruby>」
337	<ruby>大いに<rt>おお</rt></ruby> 1	副 很，甚，非常
338	<ruby>覆う<rt>おお</rt></ruby> 0,2	他I 覆蓋，掩蓋；籠罩
339	オーケストラ 3	名 管絃樂；管絃樂團 《orchestra》

340 おおざっぱ **大雑把** 3	ナ形 粗略的；粗枝大葉的	
341 おおどお **大通り** 3	名 大街，大馬路	
342 **オートメーション** 4	名 自動化裝置 《automation》	
343 おおや **大家** 1	名 房東	→家主
344 おおよそ **大凡** 0	名 梗概 副 大致上	
345 おか **丘** 0	名 丘陵	
346 かあさま **お母様** 2	名〔敬稱〕母親，母親大人 →⁴お母さん	
● かえ **お帰り。**	你回來啦	
● **おかけください。**	請坐	
347 おか **犯す** 2,0	他Ⅰ 犯，牴觸	

39

お

348 ^{おかず} 御数 ₀	名（佐飯的）菜餚
● お構いなく。 <small>かま</small>	請別費心，請別張羅
349 ^{おが} 拝む ₂	他Ⅰ 拜，叩拜
350 ^か お代わり ₂	名 他Ⅲ 續杯，再來一碗
351 ^{おき} 沖 ₀	名（遠離岸邊而可見的）海面，湖面
352 ^{おぎな} 補う ₃	他Ⅰ 補充；彌補
● お気の毒に。 <small>き どく</small>	（表關懷）真可憐，真遺憾
353 ^{おく} 奥 ₁	名 裡頭，深處
354 ^{おくがい} 屋外 ₂	名 室外，戶外
355 ^{おくさま} 奥様 ₁	名〔敬稱〕夫人，太太 → ⁴奥さん <small>おく</small>

356 おく がな 送り仮名。	名 (訓讀時)漢字後方的假名
357 おく 贈る。	他I 贈送；封，頒贈
● お元気ですか。	你好嗎，別來無恙
358 おこ 起こる2	自I 發生，産生
359 お 押さえる3,2	他II 按，壓；抓住，掌握
● お先に。	您先請；失陪了
360 おさな 幼い3	イ形 幼小的；幼稚的
361 おさ 収める3	他II 放進；取得，獲得 ☆「箱に収める」
362 おさ 納める3	他II 繳納；收藏，放進 ☆「税金を納める」
363 おさ 治める3	他II 平息；治理 ☆「国を治める」

お

364	<ruby>惜<rt>お</rt></ruby>しい₂	イ形 令人惋惜的；寶貴的
365	お<ruby>辞儀<rt>じ ぎ</rt></ruby>₀	名 自Ⅲ 行禮，鞠躬
366	<ruby>小父<rt>お じ</rt></ruby>さん₀	名（對中年男子的稱呼） 伯伯，叔叔 ⇔ おばさん
367	お<ruby>喋<rt>しゃべ</rt></ruby>り₂	名 ナ形 多嘴，長舌 名 自Ⅲ 聊天，閒談

● お<ruby>邪魔<rt>じゃ ま</rt></ruby>します。（至他人家中拜訪時）打擾了

| 368 | お<ruby>洒落<rt>しゃ れ</rt></ruby>₂ | 名 ナ形 愛打扮；時髦
☆「おしゃれな<ruby>人<rt>ひと</rt></ruby>」 |

● お<ruby>世話<rt>せ わ</rt></ruby>になりました。 承蒙您的照顧

369	<ruby>汚染<rt>お せん</rt></ruby>₀	名 自他Ⅲ 污染
370	<ruby>恐<rt>おそ</rt></ruby>らく₂	副 恐怕，大概 ☆「<ruby>恐<rt>おそ</rt></ruby>らく<ruby>来<rt>こ</rt></ruby>ないだろう」
371	<ruby>恐<rt>おそ</rt></ruby>れ₃	名 恐怖，畏懼

372 <ruby>恐<rt>おそ</rt></ruby>れる₃	自Ⅱ 懼怕，害怕；疑慮 ☆「<ruby>環境汚染<rt>かんきょうおせん</rt></ruby>を<ruby>恐<rt>おそ</rt></ruby>れる」
373 <ruby>恐<rt>おそ</rt></ruby>ろしい₄	イ形 可怕的；(程度)驚人的
374 <ruby>教<rt>おそ</rt></ruby>わる₀	他Ⅰ 受教，(向～)學習
375 お<ruby>互<rt>たが</rt></ruby>い(に)₀	副 彼此，互相
376 <ruby>穏<rt>おだ</rt></ruby>やか₂	ナ形 平靜的；(性情)沉穩的
377 <ruby>落<rt>お</rt></ruby>ち<ruby>着<rt>つ</rt></ruby>く₀	自Ⅰ 沉著，冷靜；安頓； 平靜，穩定
378 お<ruby>出掛<rt>でか</rt></ruby>け₀	名〔尊敬語〕出門
379 お<ruby>手伝<rt>てつだ</rt></ruby>いさん₂	名 幫傭，傭人
380 お<ruby>父様<rt>とうさま</rt></ruby>₂	名〔敬稱〕父親，父親大人 →⁴お<ruby>父<rt>とう</rt></ruby>さん
381 <ruby>脅<rt>おど</rt></ruby>かす₀	他Ⅰ 威脅，恐嚇；使受驚嚇

43

お

382 おとこ ひと **男の人** 6	名 男人	⇔ 女の人 おんな ひと
383 おと もの **落し物** 0.5	名 失物	
384 おとな **大人しい** 4	イ形 溫順的，老實的	
385 おと **劣る** 2,0	自Ⅰ 差，不如	⇔ 優れる すぐ
386 おどろ **驚かす** 4	他Ⅰ 使驚愕；嚇，使受驚	∞ 驚く おどろ 3
387 おに **鬼** 2	名 鬼，魔鬼	
388 おのおの **各々** 2	名 副 各自；(事物)各個	→ それぞれ
389 おば **小母さん** 0	名 (對中年女子的稱呼) 伯母，阿姨	⇔ おじさん
● **おはよう。**		早
390 おび **帯** 1	名 (和服的)腰帶	

391	お昼₂	名 中午；午飯
392	オフィス₁	名 辦公室 《office》
393	溺れる₀。	自II 溺水；沉溺
394	お参り₀。	名 自III（到神社或寺廟）參拜
395	お前₀。	名（男性稱親近的同輩、晚輩）你

● お待ちください。　　　請稍待

● お待ち遠様。　　　抱歉讓您久等了

| 396 | おめでたい₀,₄ | イ形〔丁寧語〕可喜可賀的 →めでたい |

● おめでとう。　　　恭喜

| 397 | お目にかかる₅ | 連語〔謙讓語〕見面，拜會 →⁴会う |

お

398 <ruby>主<rt>おも</rt></ruby> 1	ナ形	主要的，首要的 ☆「<ruby>主<rt>おも</rt></ruby>な<ruby>産業<rt>さんぎょう</rt></ruby>」
399 <ruby>思<rt>おも</rt></ruby>いがけない 5,6	イ形	意想不到的
400 <ruby>思<rt>おも</rt></ruby>い<ruby>切<rt>き</rt></ruby>り 0	名 副	斷念，死心 盡情地
401 <ruby>思<rt>おも</rt></ruby>い<ruby>込<rt>こ</rt></ruby>む 4,0	自I	深信，堅信；下定決心
402 <ruby>思<rt>おも</rt></ruby>いっ<ruby>切<rt>き</rt></ruby>り 0	副	盡情地
403 <ruby>思<rt>おも</rt></ruby>い<ruby>付<rt>つ</rt></ruby>く 4,0	他I	（突然）想到，想出； 想起來
404 <ruby>思<rt>おも</rt></ruby>い<ruby>出<rt>で</rt></ruby> 0	名	回憶
405 <ruby>重<rt>おも</rt></ruby>たい 0	イ形	重的；（心情）沉重的
406 <ruby>思<rt>おも</rt></ruby>わず 2	副	禁不住，不由得
407 <ruby>親<rt>おや</rt></ruby> 2	名	父母 ⇔ <ruby>子<rt>こ</rt></ruby> 3

● お休み。 <ruby>休<rt>やす</rt></ruby>	(睡前)晚安
408 お八つ₂ <ruby>八<rt>や</rt></ruby>	名 (下午的)點心
409 親指₀ <ruby>親指<rt>おやゆび</rt></ruby>	名 大拇指
410 泳ぎ₃ <ruby>泳<rt>およ</rt></ruby>	名 游泳
411 およそ₀	名 大體，概略 副 大約；一般說來；全然
412 及ぼす₃,₀ <ruby>及<rt>およ</rt></ruby>	他I 使受到(影響)，帶來 ☆「<ruby>影響<rt>えいきょう</rt></ruby>を<ruby>及<rt>およ</rt></ruby>ぼす」
413 オリンピック₄	名 奧運　　　　　《Olympic》
414 オルガン₀	名 風琴　　　　《葡 orgão》
415 オレンジ₂	名 柳橙，柳丁　　《orange》
416 下ろす₂ <ruby>下<rt>お</rt></ruby>	他I 放低，移下； 提領(存款)　∞ ³<ruby>下<rt>お</rt></ruby>りる

47

お

417 お 降ろす ₂	他I	使下(車、船)；降下，卸 ∞⁴降りる
418 おろ 卸す ₂	他I	批發
419 おん 音 ₀	名	音；(日語漢字)音讀 ⇔ くん 訓
420 おん 恩 ₁	名	恩，恩情
421 おんけい 恩恵 ₀	名	恩惠
422 おんしつ 温室 ₀	名	溫室
423 おんせん 温泉 ₀	名	溫泉
424 おんたい 温帯 ₀	名	溫帶 ∞ ねったい かんたい 熱帯、寒帯
425 おんだん 温暖 ₀	名 ナ形	(氣候)溫暖
426 おんちゅう 御中 ₁	名	(收件者為公司、團體時)鈞鑒

427 <small>おん ど</small> **温度** ₁	名 温度	
428 <small>おんな ひと</small> **女の人** ₆	名 女人	<small>おとこ ひと</small> ⇔ 男の人

か きくけこ

か

429 か 可₁	名 允許，許可；可能，可以
430 か 蚊₀	名 蚊子
431 か 課₁	名 (機構部門)課，科； (教科書等的)課
432 ～日	助数 (計算日數)～日
ついたち 一日₄ ふつか 二日₀ みっか 三日₀ よっか 四日₀ いつか 五日₀	むいか 六日₀ なのか 七日₀ ようか 八日₀ ここのか 九日₄ とおか 十日₀
433 ～下	接尾 (狀態、環境)～之下 ☆「支配下」

434	～化。	接尾 ～化　☆「合理化」
435	～科。	接尾 （學科、科目）～科 ☆「数学科」、「イ又科」
436	～歌	接尾 ～歌　☆「校歌」、「和歌」
437	カー₁	名 車，汽車　《car》
438	カード₁	名 卡片；撲克牌；卡(信用卡等的略稱)　《card》
439	カーブ₁	名 曲線，圓弧 自Ⅲ 彎曲，轉彎　《curve》
440	会₁	名 會，集會；組織，團體
441	回₁	名 回數，次數
442	貝₁	名 貝類；貝殼
443	～海	接尾 ～海　☆「日本海」

か

444 ~界 かい	接尾 ~界 ☆「社交界」、「文学界」 <small>しゃこうかい ぶんがくかい</small>
445 害₁ がい	名 害，危害
446 外~ がい	接頭 外~ ☆「外部」 <small>がい ぶ</small>
447 ~外 がい	接尾 ~外，~之外 ⇔ ~内 ☆「問題外」 <small>ない もんだいがい</small>
448 会員₀ かいいん	名 會員
449 絵画₁ かい が	名 繪畫
450 開会₀ かいかい	名 自他Ⅲ 開幕，開始會議 ⇔ 閉会 <small>へいかい</small>
451 海外₁ かいがい	名 海外，國外
452 会館₀ かいかん	名 會館
453 会計₀ かいけい	名 會計；結帳

454 解決。 _{かいけつ}	名 自他Ⅲ 解決 ☆「問題を解決する」 _{もんだい かいけつ}
455 会合。 _{かいごう}	名 自Ⅲ 聚會，集會 →集会 _{しゅうかい}
456 外交。 _{がいこう}	名 外交
457 改札。 _{かいさつ}	名 自Ⅲ 驗票，剪票； 剪票口 ☆「改札口」 _{かいさつぐち}
458 解散。 _{かいさん}	名 自他Ⅲ 解散 ⇔集合 _{しゅうごう}
459 開始。 _{かいし}	名 自他Ⅲ 開始 ⇔終了 _{しゅうりょう}
460 解釈₁ _{かいしゃく}	名 他Ⅲ 解釋
461 外出。 _{がいしゅつ}	名 自Ⅲ 外出
462 海水浴₃ _{かいすいよく}	名 海水浴
463 回数₃ _{かいすう}	名 次數

か

464 <ruby>回数券<rt>かいすうけん</rt></ruby>₃	名 回數券，回數票
465 <ruby>改正<rt>かいせい</rt></ruby>₀	名 他Ⅲ 改正，修正(法條等)
466 <ruby>快晴<rt>かいせい</rt></ruby>₀	名 晴朗，萬里無雲
467 <ruby>解説<rt>かいせつ</rt></ruby>₀	名 他Ⅲ 解説
468 <ruby>改善<rt>かいぜん</rt></ruby>₀	名 他Ⅲ 改善
469 <ruby>改造<rt>かいぞう</rt></ruby>₀	名 他Ⅲ 改造
470 <ruby>開通<rt>かいつう</rt></ruby>₀	名 自他Ⅲ (道路、電話)開通
471 <ruby>快適<rt>かいてき</rt></ruby>₀	名 ナ形 快活，舒服 ☆「<ruby>快適<rt>かいてき</rt></ruby>な<ruby>生活<rt>せいかつ</rt></ruby>」
472 <ruby>回転<rt>かいてん</rt></ruby>₀	名 自Ⅲ 轉動，旋轉
473 <ruby>回答<rt>かいとう</rt></ruby>₀	名 自Ⅲ 回答，答覆

474 解答。 <small>かいとう</small>	名 自Ⅲ 解答
475 外部₁ <small>がいぶ</small>	名 外面，外側； （團體的）外部
476 回復。 <small>かいふく</small>	名 自他Ⅲ 恢復
477 解放。 <small>かいほう</small>	名 他Ⅲ 解放
478 開放。 <small>かいほう</small>	名 他Ⅲ 敞開（門、窗等）； （對外）開放
479 海洋。 <small>かいよう</small>	名 海洋
480 概論。 <small>がいろん</small>	名 概論
481 飼う₁ <small>か</small>	他Ⅰ 飼養
482 帰す₁ <small>かえ</small>	他Ⅰ 讓～回去　　∞⁴帰る <small>かえ</small>
483 却って₁ <small>かえ</small>	副 反而

か

484 <ruby>代<rt>か</rt></ruby>える。	他Ⅱ 代替，取代	∞ <ruby>代<rt>か</rt></ruby>わる
485 <ruby>替<rt>か</rt></ruby>える。	他Ⅱ 更換，替換	
486 <ruby>換<rt>か</rt></ruby>える。	他Ⅱ 交換，改換	
487 <ruby>返<rt>かえ</rt></ruby>る₁	自Ⅰ 回歸，重返本源	∞⁴ <ruby>返<rt>かえ</rt></ruby>す
488 <ruby>家屋<rt>かおく</rt></ruby>₁	名 住宅，房屋	
489 <ruby>香<rt>かお</rt></ruby>り。	名 香味，芳香	
490 <ruby>画家<rt>が か</rt></ruby>。	名 畫家	
491 <ruby>抱<rt>かか</rt></ruby>える。	他Ⅱ 抱，捧；擔負，身負	
492 <ruby>価格<rt>か かく</rt></ruby>₀,₁	名 價格	
493 <ruby>化学<rt>か がく</rt></ruby>₁	名 化學	

494 かがや **輝く** ₃	自I 閃耀；輝煌
495 かか **係り** ₁	名 承辦；承辦人員
496 かか **罹る** ₂	自I 罹患
497 かか **係わる** ₃,₀	自I 有(密切)關係，攸關
498 かきとめ **書留** ₀	名 掛號(郵件)
499 か と **書き取り** ₀	名 抄寫；聽寫
500 かきね **垣根** ₂,₃	名 籬笆，圍籬
501 かぎ **限り** ₁,₃	名 極限；限度，範圍
502 かぎ **限る** ₂	自他I 限定
503 か **掻く** ₁	他I 抓，搔；鉋；劃，撥開

か

504 かく 1	他I 出(汗) ★「<ruby>汗<rt>あせ</rt></ruby>をかく」
505 各～ 1 かく	接頭 各～ ☆「<ruby>各大学<rt>かくだいがく</rt></ruby>」、 「<ruby>各団体<rt>かくだんたい</rt></ruby>」
506 嗅ぐ 0 か	他I 嗅，聞
507 家具 1 かぐ	名 家具
508 学 0,1 がく	名 學問，知識
509 額 0 がく	名 數目，數額
510 架空 0 かくう	名 ナ形 虛構
511 覚悟 1,2 かくご	自他III 預作最壞打算 名 心理準備
512 各自 1 かくじ	名 各自
513 確実 0 かくじつ	名 ナ形 確實，確定

514 がくしゃ **学者** ₀	名 學者	
515 かくじゅう **拡充** ₀	名 他Ⅲ 擴充	
516 がくしゅう **学習** ₀	名 他Ⅲ 學習	
517 がくじゅつ **学術** ₀,₂	名 學術	
518 かく **隠す** ₂	他Ⅰ 隱藏；隱瞞	あらわ ⇔現す かく ∞隠れる
519 かくだい **拡大** ₀	名 自他Ⅲ 擴大，放大	しゅくしょう ⇔縮小
520 かくち **各地** ₁	名 各地	
521 かくちょう **拡張** ₀	名 他Ⅲ 擴張	
522 かくど **角度** ₁	名 (數學)角度；觀點	
523 かくにん **確認** ₀	名 他Ⅲ 確認	

か

524 がくねん **学年** 0	名 學年；年級	
525 がくぶ **学部** 0,1	名 (大學的)學院	
526 がくもん **学問** 2	名 學問；知識，學識	
527 かくりつ **確率** 0	名 機率，或然率	
528 がくりょく **学力** 2,0	名 學力	
529 かく **隠れる** 3	自Ⅱ 躲藏，隱沒	あらわ ⇔現れる かく ∞隠す
530 かげ **影** 1	名 影子；倒影；身影	
531 かげ **陰** 1	名 蔭，背光處；背後，背地	
532 か ざん **掛け算** 2	名 乘法	わ ざん ⇔割り算
533 かけつ **可決** 0	名 他Ⅲ 通過(提案等)	

534 か 欠ける。	自Ⅱ 破損；缺乏 ☆「妥当性に欠ける」	
535 かげん 加減。	名 (數學)加法與減法；情形 他Ⅲ 加減；調節，調整	
536 かこ 過去₁	名 過去　　∞現在、未来	
537 かご 籠。	名 籠，筐，籃	
538 かこう 火口。	名 火山口	
539 かこう 下降。	名 自Ⅲ 下降	
540 かこ 囲む。	他Ⅰ 圍，圈 ☆「山に囲まれた村」	
541 かさい 火災。	名 火災	
542 かさ 重なる。	自Ⅰ 重疊；同時發生 ∞重ねる	
543 かさ 重ねる。	他Ⅱ 堆疊；重複　∞重なる ☆「努力を重ねる」	

か

544 かざ 飾り。	名 裝飾，裝飾品	
545 かざん 火山1	名 火山	
546 か 貸し。	名 借；借給人的東西；施惠	
547 かし 菓子1	名 糕點，點心	
548 かじ 家事1	名 家事	☆「かじ ろうどう 家事労働」
549 かしこ 賢い3	イ形 聰明的，伶俐的	
550 か だ 貸し出し。	名 出借	
551 かしつ 過失。	名 過失，過錯	
552 かじつ 果実1	名 果實；水果	
553 かしま 貸間。	名 出租的房間	

554 かしや **貸家** 0	名 出租的房子	
555 かしゅ **歌手** 1	名 歌手	
556 かしょ **箇所** 1	名 處，地方，部分	
557 かじょう **過剰** 0	名 ナ形 過剩	
558 かじ **齧る** 2	他Ⅰ 啃，咬；一知半解	
559 かず **数** 1	名 數目，數量；大量事物	
560 かぜい **課税** 0	名 自Ⅲ 課稅	
561 かせ **稼ぐ** 2	自Ⅰ 掙錢 他Ⅰ 爭取，掙	
562 **カセット** 2／ **カセットテープ** 5	名 錄音帶 《cassette / cassette tape》	
563 かせん **下線** 0	名 (格式)底線	

か

564 数える₃ <small>かぞ</small>	他Ⅱ 數，計算
565 加速₀ <small>か そく</small>	名 自Ⅲ 加速
566 加速度_{3,2} <small>か そく ど</small>	名（物理）加速度
567 型₂ <small>かた</small>	名 模子；類型
568 肩₁ <small>かた</small>	名 肩膀
569 ～方 <small>かた</small>	接尾（兩者中的）～方，～側 ☆「父方」、「母方」 <small>ちちかた ははかた</small>
570 ～難い <small>がた</small>	接尾 難以～，無法～ ☆「信じがたい」 <small>しん</small>
571 方々₂ <small>かたがた</small>	名〔敬稱〕諸位，各位
572 片付く₃ <small>かたづ</small>	自Ⅰ 收拾好；處理好 ∞³片付ける <small>かた づ</small>
573 刀₃ <small>かたな</small>	名 刀

574 かたまり **塊** 0	名 塊	☆「砂糖の塊」
575 かた **固まる** 0	自I 凝固；聚集；鞏固	
576 かたみち **片道** 0	名 單程	⇔往復
577 かたむ **傾く** 3	自I 傾，斜；傾向於	☆「地面が傾く」
578 かたよ **片寄る／偏る** 3	自I 偏斜，失衡；偏坦	
579 かた **語る** 0	他I 述說，講	
580 か **勝ち** 2	名 勝，贏	⇔負け
581 かち **価値** 1	名 價值	
582 ～がち 0	接尾 容易～，動輒～	☆「病気がち」
583 がっか **学科** 0	名 學科；學系，科系	

か

584 <ruby>学会<rt>がっかい</rt></ruby> ₀	名 學會	
585 がっかり ₃	副 自Ⅲ 失望，氣餒	
586 <ruby>活気<rt>かっき</rt></ruby> ₀	名 朝氣，活力	
587 <ruby>楽器<rt>がっき</rt></ruby> ₀	名 樂器	
588 <ruby>学期<rt>がっき</rt></ruby> ₀	名 學期	
589 <ruby>学級<rt>がっきゅう</rt></ruby> ₀	名 班級	→<ruby>組<rt>くみ</rt></ruby>
590 <ruby>担ぐ<rt>かつ</rt></ruby> ₂	他Ⅰ 扛，挑；推舉；愚弄	
591 <ruby>括弧<rt>かっこ</rt></ruby> ₁	名 括弧	
592 <ruby>活字<rt>かつじ</rt></ruby> ₀	名 鉛字	
593 <ruby>勝手<rt>かって</rt></ruby> ₀	名 ナ形 任意，任性	

594 かつどう **活動** 0	名 自Ⅲ 活動	
595 かつやく **活躍** 0	名 自Ⅲ 活躍	
596 かつよう **活用** 0	名 他Ⅲ 活用，充分應用； 〔語法〕活用變化	
597 かつりょく **活力** 2,0	名 活力	
598 かてい **仮定** 0	名 自Ⅲ 假定，假設	
599 かてい **過程** 0	名 過程	
600 かてい **課程** 0	名 課程	
601 かな **仮名** 0	名 假名 ☆「平仮名」、「片仮名」	
602 かな **悲しむ** 3	他Ⅰ 感傷，傷心 ⇔ ³喜ぶ	
603 かなづか **仮名遣い** 3	名 假名用法	

か

604 かなら **必ずしも**4	副（後接否定）未必
605 **かなり**1	副 相當地 →相当、³ずいぶん
606 かね **金**0	名 錢；金屬
607 かね **鐘**0	名（樂器）鐘；鐘聲
608 かねつ **加熱**0	名 他Ⅲ 加熱
609 か **兼ねる**2	他Ⅱ 兼，兼具，兼任
610 かのう **可能**0	名 ナ形 可能
611 **カバー**1	名 罩，套，蓋 《cover》 名 他Ⅲ 彌補
612 かはんすう **過半数**2,4	名 過半數
613 かび **黴**0	名 霉 ★「かびが生える」

614	株かぶ0	名 樹墩；(植物)根株； 股份，股票
615	被せるかぶ3	他Ⅱ 蓋上，蒙上；澆； 轉嫁(罪名等)
616	釜かま0	名 釜，大鐵鍋

● かまいません。　　不要緊，沒關係

617	構うかま2	他Ⅰ 照顧，照料；逗弄
618	我慢がまん1	名 他Ⅲ 忍耐，忍受
619	上かみ1	名 上方；上半，前面 ⇔ 下しも ☆「上かみの十日とおか」
620	神かみ1	名 神
621	紙屑かみくず3	名 廢紙，紙屑
622	神様かみさま1	名〔敬稱〕神；能手

69

か

623 かみそり **剃刀** 3,4	名 剃刀
624 かみなり **雷** 3,4	名 雷
625 かみ け **髪の毛** 3	名 頭髮
626 **ガム** 1	名 口香糖 　　　　　　《gum》
627 か もく **科目** 0	名 項目；(學術)科目
628 **かもしれない** 1	連語 也許，說不定 ☆「明日は雨が降るかもしれない」
629 か もつ **貨物** 1	名 貨物
630 かゆ **痒い** 2	イ形 癢的
631 かよう **火曜** 2,0／**火** 1 	名 星期二 　　　　　　→ 4火曜日
632 か よう **歌謡** 0	名 歌謠

633 空^{から}₂	名 空	→空^{から}っぽ
634 殻^{から}₂	名 殻	
635 柄^{がら}₀	名 花紋，花樣；體型；本質	
636 カラー₁	名 顏色；彩色；特色 《color》	
637 からかう₃	他I 開玩笑，逗弄	
638 空^{から}っぽ₀	名 ナ形 空，空空的	→空^{から}
639 刈^かる₀	他I 割，修剪 ☆「草^{くさ}を刈^かる」	
640 カルタ₁	名 (日式)紙牌 《葡 carta》	
641 枯^かれる₀	自II 枯萎	
642 カロリー₁	名 卡路里 《calorie》	

か

643 かわ 皮 ₂	名 皮，外皮
644 かわ 革 ₂	名 皮革
645 かわい 可愛がる ₄	他Ⅰ 喜愛，疼愛
646 かわいそう 可哀相 ₄	ナ形 可憐的
647 かわいらしい 可愛らしい ₅	イ形 (小巧)可愛的 ⇔ にく 憎らしい
648 かわ 乾かす ₃	他Ⅰ 晒乾，晾乾，烘乾 ∞ ³乾く
649 かわ 渇く ₂	自Ⅰ 渴；渴求
650 かわせ 為替 ₀	名 匯兌；匯票
651 かわら 瓦 ₀	名 瓦
652 か 代わる ₀	自Ⅰ 代替，取代 ∞ か 代える

653 缶 かん 1	名 罐；罐頭	かんづめ → 缶詰
654 勘 かん 0	名 直覺，第六感	
655 ～刊 かん	名 ～刊，～出版	しゅうかん ご がつかん ☆「週刊」、「五月刊」
656 ～間 かん	接尾 ～之間；～期間	とうきょう おおさかかん みっ か かん ☆「東京・大阪間」、「三日間」
657 ～巻 かん	助数 (書、底片) ～巻	だいいっかん ☆「第一巻」

いっかん 一巻 3	ろっかん 六巻 3
に かん 二巻 2	ななかん 七巻 2
さんかん 三巻 3	はちかん はっかん 八巻 3／八巻 3
よんかん 四巻 1	きゅうかん 九巻 1
ご かん 五巻 2	じゅっかん じっかん 十巻 3／十巻 3

658 ～館 かん	接尾 ～館	と しょかん たい し かん ☆「図書館」、「大使館」
659 ～感 かん	接尾 ～感	しんらいかん せきにんかん ☆「信頼感」、「責任感」

か

か

660	<ruby>考え<rt>かんが</rt></ruby> ₃	名 想法，意見
661	<ruby>感覚<rt>かんかく</rt></ruby> ₀	名 感覺；感受力
662	<ruby>間隔<rt>かんかく</rt></ruby> ₀	名 間隔
663	<ruby>換気<rt>かんき</rt></ruby> ₀,₁	名 他Ⅲ 換氣，通風
664	<ruby>観客<rt>かんきゃく</rt></ruby> ₀	名 觀眾
665	<ruby>環境<rt>かんきょう</rt></ruby> ₀	名 環境
666	<ruby>歓迎<rt>かんげい</rt></ruby> ₀	名 他Ⅲ 歡迎
667	<ruby>感激<rt>かんげき</rt></ruby> ₀	名 自Ⅲ 感動
668	<ruby>観光<rt>かんこう</rt></ruby> ₀	名 他Ⅲ 觀光，旅遊
669	<ruby>関西<rt>かんさい</rt></ruby> ₁	名 關西(京都、大阪、神戶一帶)　⇔ <ruby>関東<rt>かんとう</rt></ruby>

670	<ruby>観察<rt>かんさつ</rt></ruby>。	名 他Ⅲ 觀察
671	<ruby>感<rt>かん</rt></ruby>じ。	名 感覺；印象，氣氛
672	<ruby>元日<rt>がんじつ</rt></ruby>。	名 元旦
673	<ruby>感謝<rt>かんしゃ</rt></ruby>₁	名 他Ⅲ 感謝
674	<ruby>患者<rt>かんじゃ</rt></ruby>。	名 病人，傷患
675	<ruby>鑑賞<rt>かんしょう</rt></ruby>。	名 他Ⅲ 欣賞，鑑賞
676	<ruby>勘定<rt>かんじょう</rt></ruby>₃	名 他Ⅲ 計算(數目)； 結帳，帳款
677	<ruby>感情<rt>かんじょう</rt></ruby>。	名 感情
678	<ruby>感<rt>かん</rt></ruby>じる／<ruby>感<rt>かん</rt></ruby>ずる。	自他Ⅱ 自他Ⅲ 感覺到
679	<ruby>感心<rt>かんしん</rt></ruby>。	名 自Ⅲ 佩服 ナ形 令人佩服的

か

680 かんしん **関心** ₀	名 關心，感興趣
681 かん **関する** ₃	自Ⅲ 有關，關於 ☆「被害に関する情報」
682 かんせい **完成** ₀	名 自他Ⅲ 完成
683 かんせつ **間接** ₀	名 間接　　　⇔ ちょくせつ 直接
684 かんぜん **完全** ₀	名 ナ形 完全，完整
685 かんそう **乾燥** ₀	名 自他Ⅲ 乾燥
686 かんそう **感想** ₀	名 感想
687 かんそく **観測** ₀	名 他Ⅲ 觀測
688 かんたい **寒帯** ₀	名 寒帯　　∞ ねったい おんたい 熱帯、温帯
689 かんちが **勘違い** ₃	名 自Ⅲ 誤會，誤解

690 ^{かんちょう} **官庁** 1	名 官廳，公家機關	
691 ^{かんづめ} **缶詰** 3,4	名 罐頭	→^{かん}缶
692 ^{かんでんち} **乾電池** 3	名 乾電池	
693 ^{かんとう} **関東** 1	名 關東(箱根以東，東京一帶)	⇔^{かんさい}関西
694 ^{かんどう} **感動** 0	名 自Ⅲ 感動	
695 ^{かんとく} **監督** 0	名 他Ⅲ 監督，監督者； 　　　　教練；(電影)導演	
696 ^{かんねん} **観念** 1	名 觀念	
697 ^{かんぱい} **乾杯** 0	名 自Ⅲ 乾杯	
698 ^{かんばん} **看板** 0	名 (商店)招牌	
699 ^{かんびょう} **看病** 1	名 他Ⅲ 看護(病人)	

700 かんむり 冠。	名 冠帽
701 かんり 管理₁	名 他Ⅲ 管理
702 かんりょう 完了。	名 自他Ⅲ 完了，完畢 →終了^{しゅうりょう}
703 かんれん 関連。	名 自Ⅲ 關聯
704 かんわ 漢和。	名〔略語〕漢和辭典

か

705	～期^き	接尾 ～期；（第）～届 ☆「少年期^{しょうねんき}」、「第三期^{だいさんき}」
706	～器^き	接尾 ～器 ☆「食器^{しょっき}」、「消化器^{しょうかき}」、「消火器^{しょうかき}」
707	～機^き	助数 （飛機）～架

一機₁ ^{いっき}	六機₁ ^{ろっき}
二機₁ ^{にき}	七機₂ ^{ななき}
三機₁ ^{さんき}	八機₂／八機₁ ^{はちき}　^{はっき}
四機₁ ^{よんき}	九機₁ ^{きゅうき}
五機₁ ^{ごき}	十機₁／十機₁ ^{じゅっき}　^{じっき}

708	気圧₀ ^{きあつ}	名 氣壓
709	議員₁ ^{ぎいん}	名 議員

710 きおく 記憶。	名 他Ⅲ 記憶
711 きおん 気温。	名 氣溫
712 きかい 器械 2	名 (小型)機器，儀器
713 ぎかい 議会 1	名 議會
714 きがえ 着替え。	名 換衣服；換穿的衣服
715 きがえ 着替える 3,2	他Ⅱ 換衣服 ☆「パジャマに着替える」
716 きかん 期間 1,2	名 期間
717 きかん 機関 1,2	名 發動機
718 きかんしゃ 機関車 2	名 火車頭
719 きぎょう 企業 1	名 企業

き

720 ききん **飢饉** 2,1	名 饑荒，饑饉
721 き **効く** 0	自Ⅰ 有效，見效 ☆「薬が効く」
722 きぐ **器具** 1	名 器具，用具
723 きげう **期限** 1	名 期限
724 きげん **機嫌** 0	名 情緒，心情
725 きこう **気候** 0	名 氣候
726 きごう **記号** 0	名 記號，符號
727 きざ **刻む** 0	他Ⅰ 切碎；雕刻
728 きし **岸** 2	名 岸
729 きじ **生地** 1	名 布料；本質，本來面目

730 記事₁ き じ	名 報導，新聞稿
731 技師₁ ぎ し	名 技師，工程師
732 儀式₁ ぎ しき	名 儀式
733 記者_{1,2} き しゃ	名 記者，新聞編輯
734 基準₀ き じゅん	名 基準，標準　→標準
735 規準₀ き じゅん	名 規範，準繩
736 起床₀ き しょう	名 自Ⅲ 起床
737 傷₀ きず	名 傷；裂縫；瑕疵
738 奇數₂ き すう	名 奇數　⇔偶数
739 着せる₀ き	他Ⅱ 使穿上；使蒙受

740	き そ **基礎** 1,2	名 基礎；地基	→ き ほん 基本
741	き たい **期待** 0	名 他III 期待，期望	
742	き たい **気体** 0	名 氣體	えきたい こ たい ∞液体、固体
743	き たく **帰宅** 0	名 自III 回家	
744	き ち **基地** 1,2	名 基地	
745	き ちょう **貴重** 0	名 ナ形 貴重，寶貴 き ちょうひん ☆「貴重品」	
746	ぎ ちょう **議長** 1	名 議長	
747	**きちんと** 2	副 整齊地；準確地	
748	**きつい** 0	イ形 緊的；嚴苛的，難耐的 ゆる ⇔緩い	
749	**きっかけ** 0	名 機會，契機	けい き →契機

750 きづ **気付く** 2	自I 察覺
751 きっさ **喫茶** 0,1	名 喝茶
752 **ぎっしり** 3	副 滿滿地 ☆「ぎっしり詰まる」
753 き い **気に入る** 0	連語 喜歡，滿意
754 きにゅう **記入** 0	名 他III 填寫，寫入
755 きねん **記念** 0	名 他III 紀念
756 きのう **機能** 1	名 功能，機能 自III 發揮功能
757 き どく **気の毒** 3,4	名 ナ形 令人同情、悲嘆
758 きばん **基盤** 0	名 基礎，根基
759 き ふ **寄付** 1,2	名 他III 捐款，捐贈 ☆「寄付金」

760 きぼう **希望**。	名 他Ⅲ 希望	
761 きほん **基本**。	名 基本，基礎	→きそ 基礎
762 き **決まり**。	名 常規；定案，確定	
763 きみ **気味**₂	名 (舒坦與否的)感覺	
764 ~気味 **~気味**。	接尾 有~徵候，略感~ ☆「風邪気味」	
765 きみょう **奇妙**₁	ナ形 奇妙的，奇異的	
766 ぎむ **義務**₁	名 義務	⇔けんり 権利
767 ぎもん **疑問**。	名 疑問	
768 ぎゃく **逆**。	名 ナ形 相反，顛倒	⇔じゅん 順
769 きゃくせき **客席**。	名 觀眾席	

き

770 **客間** 0 きゃくま	名 客廳，接待廳
771 **キャプテン** 1	名 船長，機長；(運動)隊長 《captain》
772 **ギャング** 1	名 強盜集團，黑幫 《gang》
773 **キャンパス** 1	名 (大學等的)校園 《campus》
774 **キャンプ** 1	名 自Ⅲ 露營；集訓營 《camp》
775 **旧** 1 きゅう	名 舊事物；舊時
776 **級** 1 きゅう	名 階級，等級；班級
777 **球** 1 きゅう	名 球形物，球體
778 **休暇** 0 きゅうか	名 (例假日之外的)休假 ☆「休暇をとる」 きゅうか
779 **休業** 0 きゅうぎょう	名 自Ⅲ 停業，歇業

780 休憩₀ きゅうけい	名 自Ⅲ	休憩，休息
781 急激₀ きゅうげき	ナ形	急遽的
782 休講₀ きゅうこう	名 自Ⅲ	停課
783 求婚₀ きゅうこん	名 自Ⅲ	求婚
784 吸収₀ きゅうしゅう	名 他Ⅲ	吸收
785 救助₁ きゅうじょ	名 他Ⅲ	救助
786 急速₀ きゅうそく	名 ナ形	急速
787 休息₀ きゅうそく	名 自Ⅲ	休息
788 給与₁ きゅうよ	名 他Ⅲ 配給，供給 名 薪資 →給料
789 休養₀ きゅうよう	名 自Ⅲ	休養

き

790 きゅうりょう **給料** 1	名 工資，薪水	→ きゅうよ 給与
791 きよ **清い** 2	イ形 清澈的；純潔的	
792 きょう **器用** 1	名 ナ形 靈巧	
793 きょう **〜教** 0	接尾 (宗教)〜教 ☆「キリスト教 きょう」	
794 ぎょう **〜行**	助数 (文字)〜行	

いちぎょう 一行 2	ろくぎょう 六行 2
に ぎょう 二行 1	ななぎょう　しちぎょう 七行 2／七行 2
さんぎょう 三行 1	はちぎょう 八行 2
よんぎょう 四行 1	きゅうぎょう 九行 1
ご ぎょう 五行 1	じゅうぎょう 十行 1

795 ぎょう **〜業**	接尾 (工作、事業)〜業 ☆「出版業 しゅっぱんぎょう」
796 きょういん **教員** 0	名 教員，教師　→ きょうし 教師

797 きょうか **強化** 1	名 他Ⅲ 強化，加強	
798 きょうかい **境界** 0	名 疆界；(事物)界線	
799 きょうかしょ **教科書** 3	名 教科書	
800 きょうぎ **競技** 1	名 自Ⅲ 競技，比賽	
801 ぎょうぎ **行儀** 0	名 禮貌，規矩	
802 きょうきゅう **供給** 0	名 他Ⅲ 供應，供給 ⇔ じゅよう 需要	
803 きょうさん **共産〜**	接頭 共産〜 ☆「共産党」、「共産主義」	
804 きょうし **教師** 1	名 教師 → きょういん 教員	
805 ぎょうじ **行事** 1,3	名 (毎年例行的)活動	
806 きょうじゅ **教授** 0,1	名 他Ⅲ 大學教授； 傳授(知識、技藝)	

き

き

807 きょうしゅく **恐縮**。	名 自Ⅲ 過意不去，愧不敢當
808 きょうちょう **強調**。	名 他Ⅲ 強調
809 きょうつう **共通**。	名 自Ⅲ ナ形 共通
810 きょうどう **共同**。	名 自Ⅲ 共同 ☆「共同で部屋を借りる」
811 きょうふ **恐怖** 1,0	名 自Ⅲ 恐怖，恐懼
812 きょうよう **教養**。	名 教養，涵養
813 きょうりょく **協力**。	名 自Ⅲ 協助，合作
814 きょうりょく **強力**。	名 ナ形 強而有力
815 ぎょうれつ **行列**。	名 行列，隊伍 自Ⅲ 排隊
816 きょか **許可** 1	名 他Ⅲ 許可 ☆「許可を得る」

817 漁業 _{ぎょぎょう} 1	名 漁業
818 曲 _{きょく} 0,1	名 曲調，樂曲
819 局 _{きょく} 1	名 (機構)局； (當前)情勢，局面
820 曲線 _{きょくせん} 0	名 曲線　⇔直線 _{ちょくせん}
821 巨大 _{きょだい} 0	ナ形 巨大的
822 距離 _{きょり} 1	名 距離；差距
823 嫌う _{きら} 0	他I 嫌惡，厭惡　⇔好む _{この}
824 気楽 _{きらく} 0	ナ形 輕鬆自在的　→のんき
825 霧 _{きり} 0	名 霧，霧氣
826 規律 _{きりつ} 0	名 規律

き

91

き

827 <ruby>斬<rt>き</rt></ruby>る₁	他Ⅰ 斬，砍殺
828 ～きる	～完，～盡；～至極 ☆「<ruby>使<rt>つか</rt></ruby>いきる」、「<ruby>疲<rt>つか</rt></ruby>れきった<ruby>表情<rt>ひょうじょう</rt></ruby>」
829 <ruby>布<rt>きれ</rt></ruby>₂	名 布，布料
830 ～<ruby>切<rt>き</rt></ruby>れ	助数 ～片　　☆「パン<ruby>二<rt>に</rt></ruby>切れ」

<ruby>一<rt>ひとき</rt></ruby>切れ₂	<ruby>六<rt>ろっき</rt></ruby>切れ₁／<ruby>六<rt>むき</rt></ruby>切れ₁
<ruby>二<rt>ふたき</rt></ruby>切れ₂	<ruby>七<rt>ななき</rt></ruby>切れ₂
<ruby>三<rt>みき</rt></ruby>切れ₁	<ruby>八<rt>はちき</rt></ruby>切れ₂／<ruby>八<rt>やき</rt></ruby>切れ₁
<ruby>四<rt>よんき</rt></ruby>切れ₁／<ruby>四<rt>よき</rt></ruby>切れ₁	<ruby>九<rt>きゅうき</rt></ruby>切れ₁
<ruby>五<rt>ごき</rt></ruby>切れ₁／<ruby>五<rt>いつき</rt></ruby>切れ₂	<ruby>十<rt>じゅっき</rt></ruby>切れ₁／<ruby>十<rt>とき</rt></ruby>切れ₁

831 <ruby>切<rt>き</rt></ruby>れる₂	自Ⅱ 斷，裁開；完，盡； （刀劍）銳利　　∞⁴<ruby>切<rt>き</rt></ruby>る
832 <ruby>記録<rt>きろく</rt></ruby>₀	名 他Ⅲ 記載；（比賽）紀錄
833 <ruby>議論<rt>ぎろん</rt></ruby>₁	名 自他Ⅲ 議論，討論

834	気を付ける <small>き つ</small>4	連語 注意，留神，小心
835	金 <small>きん</small>1	名 金，黄金
836	銀 <small>ぎん</small>1	名 銀
837	禁煙 <small>きんえん</small>0	名 禁菸 自Ⅲ 戒菸
838	金額 <small>きんがく</small>0	名 金額
839	金魚 <small>きんぎょ</small>1	名 金魚
840	金庫 <small>きんこ</small>1	名 金庫，保險箱
841	禁止 <small>きんし</small>0	名 他Ⅲ 禁止　☆「駐車禁止」 <small>ちゅうしゃきんし</small>
842	金銭 <small>きんせん</small>1	名 金錢
843	金属 <small>きんぞく</small>1	名 金屬

き

844 きんだい **近代** 1	名 近代	
845 きんちょう **緊張** 0	名 自Ⅲ 緊張	
846 きんにく **筋肉** 1	名 肌肉	
847 きんゆう **金融** 0	名 金融	
848 きんよう **金曜** 3,0 ／ きん **金** 1	名 星期五	→ 4 きんよう び 金曜日

849 句₁ <ruby>く</ruby>	名 詞組；(詩歌)句； 　文法(片語)
850 区域₁ <ruby>く いき</ruby>	名 區域
851 食う₁ <ruby>く</ruby>	他I〔俚俗〕吃；糊口； 　(蚊蟲)叮咬
852 空～ <ruby>くう</ruby>	接頭 空的～ ☆「<ruby>くうしゃ</ruby>空車」、「<ruby>くうせき</ruby>空席」
853 偶数₃ <ruby>ぐうすう</ruby>	名 偶數　　　　　⇔<ruby>き すう</ruby>奇数
854 偶然₀ <ruby>ぐうぜん</ruby>	名 ナ形 副 偶然，碰巧 　　　　　→たまたま
855 空想₀ <ruby>くうそう</ruby>	名 他III 空想，幻想 ⇔<ruby>げんじつ</ruby>現実
856 空中₀ <ruby>くうちゅう</ruby>	名 空中

857 クーラー₁	名 冷氣機	《cooler》
858 釘₀ くぎ	名 釘，釘子	
859 区切る₂ く ぎ	他I 區隔，劃分； 分段，斷句	
860 臭い₂ くさ	イ形 臭的	
861 鎖₀ くさり	名 鏈子，鎖鏈	
862 腐る₂ くさ	自I 腐壞，腐爛	
863 櫛₂ くし	名 梳子	
864 くしゃみ₂	名 噴嚏	
865 苦情₀ く じょう	名 不滿，抱怨	
866 苦心₂,₁ く しん	名 自III 苦心，竭盡心力	

867 <ruby>屑<rt>くず</rt></ruby> 1	名	碎屑；(人、物)廢物
868 <ruby>崩<rt>くず</rt></ruby>す 2	他 I	使崩塌；使走様； 換零錢 ∞<ruby>崩<rt>くず</rt></ruby>れる
869 <ruby>薬指<rt>くすりゆび</rt></ruby> 3	名	無名指
870 <ruby>崩<rt>くず</rt></ruby>れる 3	自 II	崩塌；走様，失衡 ∞<ruby>崩<rt>くず</rt></ruby>す
871 <ruby>癖<rt>くせ</rt></ruby> 2	名	習氣，習慣；毛病，缺點
872 <ruby>管<rt>くだ</rt></ruby> 1	名	管，管子
873 <ruby>具体<rt>ぐたい</rt></ruby> 0	名	具體 ⇔<ruby>抽象<rt>ちゅうしょう</rt></ruby>
874 <ruby>砕<rt>くだ</rt></ruby>く 2	他 I	弄碎； 削弱，摧毀 ☆「<ruby>氷<rt>こおり</rt></ruby>を<ruby>砕<rt>くだ</rt></ruby>く」 ∞<ruby>砕<rt>くだ</rt></ruby>ける
875 <ruby>砕<rt>くだ</rt></ruby>ける 3	自 II	(物)破碎；(氣勢)減弱 ∞<ruby>砕<rt>くだ</rt></ruby>く
876 くたびれる 4	自 II	疲乏；破舊

く

877 くだらない。	連語 無意義的，無聊的

878 <ruby>下<rt>くだ</rt></ruby>り。	名 下，下行 ⇔<ruby>上<rt>のぼ</rt></ruby>り

879 <ruby>下<rt>くだ</rt></ruby>る。	自I 下，下行；(命令等) 下達 ⇔<ruby>上<rt>のぼ</rt></ruby>る

880 ～<ruby>口<rt>くち</rt></ruby>	助数 (飲食)～口 ☆「<ruby>一口<rt>ひとくち</rt></ruby><ruby>食<rt>た</rt></ruby>べる」

<ruby>一口<rt>ひとくち</rt></ruby>₂	<ruby>六口<rt>ろっくち</rt></ruby>₄
<ruby>二口<rt>ふたくち</rt></ruby>₂	<ruby>七口<rt>ななくち</rt></ruby>₂
<ruby>三口<rt>みくち</rt></ruby>₁	<ruby>八口<rt>はっくち</rt></ruby>₄
<ruby>四口<rt>よくち</rt></ruby>₁	<ruby>九口<rt>きゅうくち</rt></ruby>₁
<ruby>五口<rt>ごくち</rt></ruby>₁	<ruby>十口<rt>じゅっくち</rt></ruby>₁／<ruby>十口<rt>じっくち</rt></ruby>₁

881 <ruby>唇<rt>くちびる</rt></ruby>₀	名 嘴唇

882 <ruby>口紅<rt>くちべに</rt></ruby>₀	名 口紅

883 <ruby>苦痛<rt>くつう</rt></ruby>₀,₂	名 痛苦

884 ぐっすり 3	副 熟睡，酣睡
885 くっつく 3	自I 黏合，附著；緊挨著 ∞くっつける
886 くっつける 4	他II 使黏合，使附著； 使緊靠　　∞くっつく
887 くどい 2	イ形 嘮叨的 ☆「くどい説明^{せつめい}」
888 句読点^{くとうてん} 2	名 句號和逗號，標點符號
889 配る^{くば} 2	他I 發，發放；配置
890 工夫^{くふう} 0	名 工夫，巧思用心 他III 設法，精心研究
891 区分^{くぶん} 1,0	名 他III 區分，分類
892 区別^{くべつ} 1	名 他III 區別
893 組^{くみ} 2	名 組；(學校)班級 →学級^{がっきゅう}

く

894 くみあい **組合**。	名 合作社；公會，工會
895 く あ **組み合わせ**。	名 組合，搭配；(比賽)編組
896 く た **組み立てる** 4,0	他Ⅱ 組裝，構成
897 く **組む** 1	他Ⅰ 編，組成；使交叉
898 く **汲む**。	他Ⅰ 汲(水)，斟(茶)； 推想，體諒
899 く **酌む**。	他Ⅰ 斟(酒)
900 くや **悔しい** 3	イ形 悔憾的，不甘心的
901 く **悔やむ** 2	他Ⅰ 懊悔；哀悼
902 くらい **位**。	名 地位，位階；皇位； (數學)位數
903 く **暮らし**。	名 生活；生計

904	クラシック 3,2	ナ形 古典的　　　　　《classic》 名 古典作品，古典樂
905	暮<ruby>暮<rt>く</rt></ruby>らす 0	自他I 度日，過活
906	グラス 1	名 玻璃杯　　　　　　《glass》
907	クラブ 1	名 (學校)社團；俱樂部 《club》
908	グラフ 1,0	名 圖表　　　　　　　《graph》
909	グランド／ グラウンド 0	名 運動場；棒球場 《ground》
910	クリーニング 2,4	名 他III 乾洗　　　《cleaning》
911	クリーム 2	名 奶油；面霜　　　《cream》
912	繰<ruby>繰<rt>く</rt></ruby>り返<ruby>返<rt>かえ</rt></ruby>す 3,0	自他I 反覆，重複
913	クリスマス 3	名 聖誕節　　　《Christmas》

く

914 <ruby>狂<rt>くる</rt></ruby>う ₂	自Ⅰ 發瘋；出毛病 ☆「<ruby>生活<rt>せいかつ</rt></ruby>のリズムが<ruby>狂<rt>くる</rt></ruby>う」
915 グループ ₂	名 組，群；團體，集團 《group》
916 <ruby>苦<rt>くる</rt></ruby>しい ₃	イ形 痛苦的；困苦的
917 <ruby>苦<rt>くる</rt></ruby>しむ ₃	自Ⅰ 痛苦；苦惱 ∞ <ruby>苦<rt>くる</rt></ruby>しめる
918 <ruby>苦<rt>くる</rt></ruby>しめる ₄	他Ⅱ 折磨，使痛苦 ∞ <ruby>苦<rt>くる</rt></ruby>しむ
919 くるむ ₂	他Ⅰ 包，裹
920 <ruby>暮<rt>く</rt></ruby>れ ₀	名 黃昏；(季)末，(年)終
921 くれぐれも ₃,₂	副 切切，千萬 ☆「くれぐれもお<ruby>大事<rt>だいじ</rt></ruby>に」
922 <ruby>苦労<rt>くろう</rt></ruby> ₁	名 自Ⅲ 辛勞；操心，費心
923 <ruby>加<rt>くわ</rt></ruby>える ₀,₃	他Ⅱ 加，添　∞ <ruby>加<rt>くわ</rt></ruby>わる

924 ^{くわ} 銜える／咥える。	他Ⅱ 叨，銜，含
925 ^{くわ} 詳しい₃	イ形 詳細的；熟諳的 ☆「詳しく調べる」
926 ^{くわ} 加わる₀,₃	自Ⅰ 增加；參加，加入 ∞加える
927 ^{くん} 訓。	名 (日語漢字)訓讀　⇔音
928 ^{ぐん} 軍₁	名 軍隊
929 ^{ぐん} 郡₁	名 (行政區畫)郡
930 ^{ぐんたい} 軍隊₁	名 軍隊
931 ^{くんれん} 訓練₁	名 他Ⅲ 訓練

かきく け こ

け

932 ~家 _け	接尾 ～家，～家系 ☆「田中家」
933 下 _げ _{1,0}	名 下，下等； (書)下卷 ☆「下の下」 ⇔上
934 計 _{けい} ₁	名 總計，總共
935 ~形 _{けい}	接尾 ～形 ☆「三角形」、 「活用形」
936 ~型 _{けい}	接尾 ～型 ☆「原型」、「典型」
937 敬意 _{けいい} ₁	名 敬意
938 経営 _{けいえい} ₀	名 他Ⅲ 經營，營運
939 景気 _{けいき} ₀	名 (產業)景氣

940 契機₁ けいき	名	契機，轉機　→きっかけ
941 稽古₁ けいこ	名 自他Ⅲ	(技藝)練習，學習
942 敬語₀ けいご	名	〔文法〕敬語
943 傾向₀ けいこう	名	傾向，趨勢
944 蛍光灯₀ けいこうとう	名	日光燈
945 警告₀ けいこく	名 他Ⅲ	警告
946 計算₀ けいさん	名 他Ⅲ	計算
947 掲示₀ けいじ	名 他Ⅲ	揭示，布告
948 刑事₁ けいじ	名	(法律)刑事；刑警
949 形式₀ けいしき	名	形式，樣式　⇔内容 ないよう

け

950 <ruby>芸術<rt>げいじゅつ</rt></ruby>。	名 藝術	
951 <ruby>継続<rt>けいぞく</rt></ruby>。	名 自他Ⅲ 繼續	
952 <ruby>毛糸<rt>けいと</rt></ruby>。	名 毛線	
953 <ruby>経度<rt>けいど</rt></ruby>₁	名 經度	⇔ <ruby>緯度<rt>いど</rt></ruby>
954 <ruby>系統<rt>けいとう</rt></ruby>。	名 系統；體系；血統	
955 <ruby>芸能<rt>げいのう</rt></ruby>。	名 藝能，演藝	
956 <ruby>競馬<rt>けいば</rt></ruby>。	名 賽馬	
957 <ruby>警備<rt>けいび</rt></ruby>₁	名 他Ⅲ 警備，戒備	
958 <ruby>契約<rt>けいやく</rt></ruby>。	名 自他Ⅲ 契約，合同	
959 <ruby>経由<rt>けいゆ</rt></ruby>₀,₁	名 自Ⅲ 經由	

960 けいようし **形容詞** ₃	名 形容詞	
961 けいようどうし **形容動詞** ₅	名 形容動詞(な形容詞)	
962 ケース ₁	名 箱，盒	《case》
963 ゲーム ₁	名 遊戯；(運動)競技	《game》
964 げ か **外科** ₀	名 外科	⇔ ないか 内科 ☞ 診療科名
965 けがわ **毛皮** ₀	名 毛皮	
966 げき **劇** ₁	名 劇，戯劇	
967 げきじょう **劇場** ₀	名 劇場，戯院	
968 げきぞう **激増** ₀	名 自Ⅲ 激増	
969 げしゃ **下車** ₁,₀	名 自Ⅲ 下車	⇔ じょうしゃ 乗車

け

970 げじゅん **下旬** ₀	名 下旬	∞ じょうじゅん ちゅうじゅん 上旬、中旬
971 けしょう **化粧** ₂	名 自Ⅲ 化妝	
972 げすい **下水** ₀	名 污水，廢水；下水道	
973 けず **削る** ₀	他Ⅰ 鉋，削；削減；刪除 ☆「予算を削る」	
974 けた **桁** ₀	名 橫樑；(數學)位數	
975 げ た **下駄** ₀	名 木屐	
976 **けち** ₁	名 吝嗇；吝嗇鬼 ナ形 吝嗇；小家子氣，寒酸	
977 けつあつ **血圧** ₀	名 血壓	
978 けつえき **血液** ₂	名 血液	
979 けっか **結果** ₀	名 結果	⇔ ³ げんいん 原因

980 けっかん **欠陥** 0	名 缺陷	
981 げっきゅう **月給** 0	名 月薪	
982 けっきょく **結局** 0	副 結果，最後	
983 けっさく **傑作** 0	名 傑作	
984 けっしん **決心** 1	名 自他Ⅲ 決心，決意	
985 けっせき **欠席** 0	名 自Ⅲ 缺席	⇔ しゅっせき ³出席
986 けってい **決定** 0	名 自他Ⅲ 決定，定奪	
987 けってん **欠点** 3	名 缺點	→ たんしょ 短所
988 げつまつ **月末** 0	名 月底	
989 げつよう **月曜** 3,0 ／ げつ **月** 1	名 星期一	→ げつようび ⁴月曜日

け

990 けつろん **結論** 0,2	名 自Ⅲ 結論
991 けはい **気配** 1,2	名 跡象
992 げひん **下品** 2	名 ナ形 下流，粗鄙 ⇔ じょうひん 上品
993 けむ **煙い** 0	イ形 (煙)嗆人的
994 けむり **煙** 0	名 煙
995 け **蹴る** 1	他Ⅰ 踢，踹；拒絕
996 けわ **険しい** 3	イ形 陡峭的；嚴峻的； 艱難的
997 けん **券** 1	名 券，票
998 けん **〜権**	接尾 〜權 ☆「選挙権」 せんきょけん
999 げん **現〜**	接頭 現在的〜 ☆「現住所」、 げんじゅうしょ 「現社長」 げんしゃちょう

*1*000 <ruby>見解<rt>けんかい</rt></ruby>₀	名 見解，看法	→³意見 <ruby><rt>いけん</rt></ruby>
*1*001 <ruby>限界<rt>げんかい</rt></ruby>₀	名 極限，限度	→限度 <ruby><rt>げんど</rt></ruby>
*1*002 <ruby>見学<rt>けんがく</rt></ruby>₀	名 他Ⅲ 參觀，見習	
*1*003 <ruby>謙虚<rt>けんきょ</rt></ruby>₁	ナ形 謙虛的，虛心的	
*1*004 <ruby>現金<rt>げんきん</rt></ruby>₃	名 現金，現款	
*1*005 <ruby>言語<rt>げんご</rt></ruby>₁	名 語言	
*1*006 <ruby>健康<rt>けんこう</rt></ruby>₀	名 ナ形 健康	
*1*007 <ruby>原稿<rt>げんこう</rt></ruby>₀	名 原稿，草稿	
*1*008 <ruby>検査<rt>けんさ</rt></ruby>₁	名 他Ⅲ 檢查，檢驗	
*1*009 <ruby>現在<rt>げんざい</rt></ruby>₁	名 現在，目前 ∞<ruby>過去<rt>かこ</rt></ruby>、<ruby>未来<rt>みらい</rt></ruby>	

け

1010 げんさん **原産**0	名(動植物)原産
1011 げんし **原始**1	名原始，未開發
1012 げんじつ **現実**0	名現實，實際 ⇔空想、理想
1013 けんしゅう **研修**0	名他Ⅲ研修，研習
1014 げんじゅう **厳重**0	ナ形嚴格的，嚴密的 ☆「厳重に警備する」
1015 げんしょう **現象**0	名現象
1016 げんじょう **現状**0	名現狀，現況
1017 けんせつ **建設**0	名他Ⅲ建設
1018 けんそん **謙遜**0	名自Ⅲ謙虛，謙遜
1019 げんだい **現代**1	名現代

*1*020 けんちく 建築。	名 他Ⅲ 建築，建造；建築物
*1*021 けんちょう 県庁 1,0	名 縣政府
*1*022 げんど 限度 1	名 限度，界限　　→限界 けんかい
*1*023 けんとう 見当 3	名 猜測，推估
*1*024 けんとう 検討。	名 他Ⅲ 檢討，研討
*1*025 げん 現に 1	副 實際，真正
*1*026 げんば 現場。	名 現場；工地
*1*027 けんびきょう 顕微鏡。	名 顯微鏡
*1*028 けんぽう 憲法 1	名 憲法
*1*029 けんめい 懸命。	ナ形 拼命的，盡全力的 → ³一生懸命 いっしょうけんめい

I 030 けんり **権利** 1	名 權利	⇔ ぎ む 義務
I 031 げんり **原理** 1	名 原理	
I 032 げんりょう **原料** 3	名 原料	

1033 こ 小〜	接頭 小〜；少〜，些微〜 ☆「小舟」、「小人数」
1034 〜こ 〜湖	接尾 〜湖 ☆「火口湖」
1035 ご 後 0	名 〜之後 ☆「その後」
1036 ご 語 1	名 單字，字彙；話語
1037 ご 碁 1,0	名 圍棋
1038 こい 恋 1	名 愛情，戀情
1039 こい 濃い 1	イ形 濃的 ⇔ 4 薄い
1040 こい 恋しい 3	イ形 眷戀的，懷念的

こ

*1*041 <ruby>恋人<rt>こいびと</rt></ruby>。	名	戀人，情人

*1*042 <ruby>高<rt>こう</rt></ruby>〜	接頭 高〜	☆「<ruby>高気圧<rt>こうきあつ</rt></ruby>」 ⇔<ruby>低<rt>てい</rt></ruby>〜

*1*043 〜<ruby>校<rt>こう</rt></ruby>	助数 〜校，〜所(學校)	

<ruby>一校<rt>いっこう</rt></ruby>₁	<ruby>六校<rt>ろっこう</rt></ruby>₁
<ruby>二校<rt>にこう</rt></ruby>₁	<ruby>七校<rt>ななこう</rt></ruby>₂
<ruby>三校<rt>さんこう</rt></ruby>₁	<ruby>八校<rt>はちこう</rt></ruby>₂
<ruby>四校<rt>よんこう</rt></ruby>₁	<ruby>九校<rt>きゅうこう</rt></ruby>₁
<ruby>五校<rt>ごこう</rt></ruby>₁	<ruby>十校<rt>じゅっこう</rt></ruby>₁／<ruby>十校<rt>じっこう</rt></ruby>₁

*1*044 〜<ruby>港<rt>こう</rt></ruby>	接尾 〜港	☆「<ruby>神戸港<rt>こうべこう</rt></ruby>」

*1*045 〜<ruby>号<rt>ごう</rt></ruby>	接尾 (順序)〜號	☆「<ruby>創刊号<rt>そうかんごう</rt></ruby>」、「<ruby>三月号<rt>さんがつごう</rt></ruby>」

*1*046 <ruby>工員<rt>こういん</rt></ruby>。	名	工人，作業員

*1*047 <ruby>強引<rt>ごういん</rt></ruby>。	名 ナ形 強行，強制 ☆「<ruby>強引<rt>ごういん</rt></ruby>なやり<ruby>方<rt>かた</rt></ruby>」	

1048 幸運 0 こううん	名 ナ形 幸運　　　　⇔ 不運 ふうん
1049 講演 0 こうえん	名 自Ⅲ 演講，演說
1050 効果 1 こうか	名 效果
1051 硬貨 1 こうか	名 硬幣　　　　⇔ 紙幣 しへい
1052 高価 1 こうか	名 ナ形 高價
1053 豪華 1 ごうか	名 ナ形 豪華
1054 公害 0 こうがい	名 公害
1055 合格 0 ごうかく	名 自Ⅲ 合格，考上； 符合標準　　⇔ 落第 らくだい
1056 交換 0 こうかん	名 他Ⅲ 交換，互換
1057 高級 0 こうきゅう	名 ナ形 高級

こ

1058 こうきょう **公共** 0	名 公共
1059 こうくう **航空** 0	名 航空
1060 こうけい **光景** 0	名 光景，情景
1061 こうげい **工芸** 0,1	名 工藝
1062 ごうけい **合計** 0	名 他Ⅲ 合計，總計
1063 こうげき **攻撃** 0	名 他Ⅲ 攻擊，進攻；抨擊
1064 こうけん **貢献** 0	名 自Ⅲ 貢獻
1065 こうこう **孝行** 1	名 ナ形 自Ⅲ 孝順
1066 こうこく **広告** 0	名 他Ⅲ 廣告，宣傳
1067 こうさ **交差** 0,1	名 自Ⅲ 交叉，相交　⇔ へいこう 平行

1068 こうさい **交際** 0	名 自Ⅲ 交際，交往
1069 こうし **講師** 1	名 演講者；(大學等)講師
1070 こうじ **工事** 1	名 自Ⅲ 工程，施工
1071 こうしき **公式** 0	名 官方正式；(數學)公式
1072 こうじつ **口実** 0	名 藉口
1073 **こうして** 0	接続 如此一來
1074 こうしゃ **校舎** 1	名 校舍
1075 こうしゃ **後者** 1	名 後者 ぜんしゃ ⇔ 前者
1076 こうしゅう **公衆** 0	名 公眾，群眾
1077 こうじょう こうば **工場／工場** 3	名 工廠

1078 こうすい **香水**。	名 香水
1079 こうせい **公正**。	名 ナ形 公正，公允
1080 こうせい **構成**。	名 他Ⅲ 構成，構造
1081 こうせき **功績**。	名 功績，功勞
1082 こうせん **光線**。	名 光線
1083 こうそう **高層**。	名 (氣象)高空；高樓
1084 こうぞう **構造**。	名 構造，結構
1085 こうそく **高速**。	名 高速
1086 こうたい **交替**。	名 自Ⅲ 交替，輪流
1087 こうち **耕地**₁	名 耕地

1088 こうつう き かん **交通機関** 5,6	名 交通設施，交通工具
1089 こうてい **校庭** 0	名 校園
1090 こうてい **肯定** 0	名 他Ⅲ 肯定，承認 ⇔ ひ てい 否定
1091 こうど **高度** 1	名 高度，海拔 ナ形 高度的，先進的
1092 こうとう **高等** 0	名 ナ形 高等
1093 こうどう **行動** 0	名 自Ⅲ 行動
1094 ごうとう **強盗** 0	名 強盜
1095 ごうどう **合同** 0	名 自他Ⅲ 聯合，共同
1096 こうはい **後輩** 0	名 學弟妹；後輩，後進 ⇔ せんぱい 3 先輩
1097 こうひょう **公表** 0	名 他Ⅲ 公布，發表

*1*098 こうふく **幸福** 0	名 ナ形 幸福	⇔ ふこう 不幸 → しあわ 幸せ
*1*099 こうぶつ **鉱物** 1	名 礦物	
*1*100 こうへい **公平** 0	名 ナ形 公平，公道	
*1*101 こうほ **候補** 1	名 候選，候選人	
*1*102 こうむ **公務** 1	名 公務，公事	
*1*103 こうもく **項目** 0	名 項目	
*1*104 こうよう **紅葉** 0	自Ⅲ 秋季樹葉變紅 名 紅葉(槭、楓)	→ もみじ 紅葉
*1*105 ごうり **合理** 1	名 合理	
*1*106 こうりゅう **交流** 0	名 自Ⅲ 交流，往來	
*1*107 ごうりゅう **合流** 0	名 自Ⅲ 匯合；會合，聯合	

*I*108 **考慮**1 こうりょ	名 他Ⅲ 考慮
*I*109 **効力**1 こうりょく	名 効力
*I*110 **越える**0 こ	自Ⅱ 翻越，跨越　　∞ 越す ☆「国境を越える」 こっきょう　こ
*I*111 **超える**0 こ	自Ⅱ 超過；超越　　∞ 超す ☆「2億円を超える」 に おくえん　こ
● **ご遠慮なく。** えんりょ	別客氣
*I*112 **コース**1	名 路線；跑道；課程； 套餐　　　　　《course》
*I*113 **コーチ**1	名 他Ⅲ 教練；訓練，指導 《coach》
*I*114 **コート**1	名 (網球場等長方形)球場 《court》
*I*115 **コード**1	名 電線　　　　　《cord》
*I*116 **コーラス**1	名 合唱，合唱曲；合唱團 《chorus》

こ

I117 こおり 氷 0	名 冰	
I118 こお 凍る 0	自I 結冰，凍結	
I119 ゴール 1	名 終點；球門；(最終)目的 《goal》	
I120 ごかい 誤解 0	名 他III 誤解，誤會	
I121 ごがく 語学 1,0	名 語言學；外語學習	
I122 こ 焦がす 2	他I 烤焦，燒焦；使焦慮 ∞焦げる	
I123 こきゅう 呼吸 0	名 自他III 呼吸	
I124 こきょう 故郷 1	名 故郷 → ふるさと	
I125 こく 〜国	接尾 〜國 ☆「文明国」、「民主国」	
I126 こ 漕ぐ 1	他I 划(船)；踩(腳踏車) ☆「ボートをこぐ」	

I127 <ruby>極<rt>ごく</rt></ruby>₁	副 極，最
I128 <ruby>国王<rt>こくおう</rt></ruby>₃	名 國王
I129 <ruby>国語<rt>こくご</rt></ruby>₀	名 國語，標準語
I130 <ruby>国籍<rt>こくせき</rt></ruby>₀	名 國籍
I131 <ruby>黒板<rt>こくばん</rt></ruby>₀	名 黑板
I132 <ruby>克服<rt>こくふく</rt></ruby>₀	名 他III 克服 ☆「<ruby>弱点<rt>じゃくてん</rt></ruby>を<ruby>克服<rt>こくふく</rt></ruby>する」
I133 <ruby>国民<rt>こくみん</rt></ruby>₀	名 國民
I134 <ruby>穀物<rt>こくもつ</rt></ruby>₂	名 穀物
I135 <ruby>国立<rt>こくりつ</rt></ruby>₀	名 國立　　　∞<ruby>私立<rt>しりつ</rt></ruby>

● ご<ruby>苦労様<rt>くろうさま</rt></ruby>。　　　辛苦你了

こ

1136 <ruby>焦<rt>こ</rt></ruby>げる₂	自Ⅱ 烤焦，燒焦　∞焦がす
1137 <ruby>凍<rt>こご</rt></ruby>える₀,₃	自Ⅱ 凍僵
1138 <ruby>心当<rt>こころあ</rt></ruby>たり₄	名 線索，頭緒 ☆「<ruby>心当<rt>こころあ</rt></ruby>たりを<ruby>探<rt>さが</rt></ruby>す」
1139 <ruby>心得<rt>こころえ</rt></ruby>る₄	他Ⅱ 理解，明白
1140 <ruby>腰<rt>こし</rt></ruby>₀	名 腰　☆「<ruby>腰<rt>こし</rt></ruby>の<ruby>骨<rt>ほね</rt></ruby>が<ruby>痛<rt>いた</rt></ruby>む」
1141 <ruby>腰掛<rt>こしか</rt></ruby>け₃,₄	名 凳子； 　暫時棲身(之職、地位)
1142 <ruby>腰掛<rt>こしか</rt></ruby>ける₄	自Ⅱ 坐下
1143 <ruby>五十音<rt>ごじゅうおん</rt></ruby>₂	名 (日文字母)五十音
1144 <ruby>胡椒<rt>こ しょう</rt></ruby>₂	名 胡椒
1145 <ruby>拵<rt>こしら</rt></ruby>える₀	他Ⅱ 做，打造；籌(錢)； 　打扮；捏造

1146 こじん **個人** 1	名 個人	
1147 こ **越す** 0	他I 翻越，跨越 自I 搬家，遷居	∞ こ 越える
1148 こ **超す** 0	他I 超過	∞ こ 超える
1149 こす **擦る** 2	他I 擦，搓，揉	

● ご存じですか。　　您知道嗎？

1150 こたい **固体** 0	名 固體	えきたい きたい ∞ 液体、気体
1151 こっか **国家** 1	名 國家	
1152 こっかい **国会** 0	名 國會	
1153 こづか **小遣い** 1	名 零用錢	
1154 こっきょう **国境** 0	名 國境	

こ

$I155$ **コック**₁	名 (西餐的)廚師 　《荷kok》	
$I156$ こっせつ **骨折**₀	名 自他Ⅲ 骨折	
$I157$ **こっそり**₃	副 悄悄地，偷偷地	
$I158$ こづつみ **小包**₂	名 小包，包裹	
$I159$ こてん **古典**₀	名 古典	
$I160$ こと **琴**₁	名 琴，箏	
$I161$ ～こと **～毎**	接尾 每～；每當～ ☆「月ごとの支払い」	
$I162$ **～ごと**₀	接尾 連～一起 ☆「皮ごと食べる」	
$I163$ ことづ **言付ける**₄	他Ⅱ 託人傳話，託人轉交	
$I164$ こと **異なる**₃	自Ⅰ 不同	

I165 <ruby>言葉遣<rt>ことばづか</rt></ruby>い 4	名 措辭，用語	
I166 <ruby>諺<rt>ことわざ</rt></ruby> 0,4	名 諺語	
I167 <ruby>断<rt>ことわ</rt></ruby>る 3	他I 拒絕；事先告知	
I168 <ruby>粉<rt>こな</rt></ruby> 2／<ruby>粉<rt>こ</rt></ruby> 1	名 粉	
I169 <ruby>好<rt>この</rt></ruby>み 1,3	名 愛好，嗜好	
I170 <ruby>好<rt>この</rt></ruby>む 2	他I 愛好，喜歡 ⇔ <ruby>嫌<rt>きら</rt></ruby>う	
I171 <ruby>御無沙汰<rt>ごぶさた</rt></ruby> 0	名 自III 久疏問候，久未連絡 ☆「ごぶさたしております」	
I172 こぼす 2	他I 使灑出，使滴落；發牢騷 ∞こぼれる	
I173 こぼれる 3	自II 溢出，灑出；流瀉 ∞こぼす	
I174 コミュニケーション 4	名 交流，溝通；通訊 《communication》	

こ

I_{175} こ **〜込む**	〜進；完全〜，充分〜 ☆「吹き込む」、「話し込む」	
I_{176} **ゴム** 1	名 橡膠	《荷 gom》
I_{177} こむぎ **小麦** 2,0	名 小麥	
I_{178} こ **込める** 2	他Ⅱ 裝填；傾注；包括 ☆「心を込める」	
I_{179} ごめん **御免** 0	名 抱歉；（表拒絕）不要	
I_{180} こや **小屋** 2,0	名 （簡陋的）小窩，小房屋	
I_{181} こゆび **小指** 0	名 小指	
I_{182} こら **堪える** 3	他Ⅱ 忍耐，忍住 ☆「笑いをこらえる」	
I_{183} ごらく **娯楽** 0	名 娛樂	
I_{184} ごらん **御覧** 0	名 〔尊敬語〕看	

*I*185 コレクション₂	名 蒐集；收藏品《collection》
*I*186 これら₂	代 這些
*I*187 頃₁ ころ	名 時候；時機 ☆「子供のころ」 こども
*I*188 転がす₀ ころ	他I 使滾動；弄倒 ∞転がる ころ
*I*189 転がる₀ ころ	自I 滾動；翻，倒 ∞転がす ころ
*I*190 殺す₀ ころ	他I 殺；抑制，忍住
*I*191 転ぶ₀ ころ	自I 倒，跌倒
*I*192 紺₀ こん	名 藏青，深藍
*I*193 今～ こん	連体 今～，本～ ☆「今学期」 こんがっき
*I*194 今回₁ こんかい	名 此次，這回

こ

*1*195 **コンクール** 3	名 (文藝)競賽　《法concours》
*1*196 **コンクリート** 4	名 混凝土　　　　　《concrete》
*1*197 こんご **今後** 0,1	名 今後
*1*198 こんごう **混合** 0	名 自他Ⅲ 混合
*1*199 こんざつ **混雑** 1	名 自Ⅲ 擁擠
*1*200 **コンセント** 1	名 插座　《日concentric+plug》
*1*201 こんだて **献立** 0,4	名 菜單
*1*202 **こんなに** 0	副 這麼地，如此地 ∞³ そんなに、あんなに
*1*203 こんなん **困難** 1	名 ナ形 困難
*1*204 こんにち **今日** 1	名 今日，本日；現今

*1*205 **婚約**。 <small>こんやく</small>	名 自Ⅲ 婚約，訂婚	
*1*206 **混乱**。 <small>こんらん</small>	名 自Ⅲ 混亂	

さしすせそ

I207 さ 差。	名 差別，差距；(數學)差
I208 サークル1,0	名 團體，社團；圓 《circle》
I209 サービス1	名 自Ⅲ 服務；降價，奉送 《service》
I210 さい 際1	名 ～之際；當～時 ☆「地震の際」
I211 さい 再～	接頭 再～，再度～ ☆「再検討」
I212 さい 最～	接頭 最～ ☆「最上等」
I213 さい ～祭	接尾 (慶祝活動)～祭 ☆「文化祭」
I214 ざいがく 在学。	名 自Ⅲ 在學

1215 さいこう **最高** 0	名 ナ形 最高，最上限；最棒 ⇔ さいてい 最低
1216 さいさん **再三** 0	副 再三，屢次
1217 ざいさん **財産** 1	名 財産
1218 さいじつ **祭日** 0	名 (日本)神社的祭祀日； 節日
1219 さいしゅう **最終** 0	名 最終，最後 ⇔ さいしょ 3最初
1220 さいそく **催促** 1	名 他Ⅲ 催促
1221 さいちゅう **最中** 1	名 最盛期，最高潮； 正在進行
1222 さいてい **最低** 0	名 ナ形 最低，最下限；最差 ⇔ さいこう 最高
1223 さいてん **採点** 0	名 他Ⅲ 評分，打分數
1224 さいなん **災難** 3	名 災難，災禍

さ

135

1225 さいのう **才能**。	名 才能
1226 さいばん **裁判**₁	名 他Ⅲ 裁判，審判
1227 さいほう **裁縫**。	名 自Ⅲ 裁縫，縫紉
1228 ざいもく **材木**。	名 木材，木料　　　→もくざい 木材
1229 ざいりょう **材料**₃	名 材料
1230 **サイレン**₁	名 警鈴，汽笛　　　《siren》
1231 さいわ **幸い**。	名 ナ形 幸福，幸運 副 幸虧，好在
1232 **サイン**₁	名 自Ⅲ 簽名；信號，暗號 《sign》
1233 さかい **境**₂	名 界線
1234 さか **逆さ**。	名 ナ形〔略語〕倒，顛倒 →さかさま 逆様

I235 さかさま **逆様** 0	名 ナ形 倒，顛倒　　→逆さ
I236 さが **捜す** 0	他I 尋找，搜尋 ☆「犯人を捜す」
I237 さかのぼ **遡る** 4	自I 逆流而上；回溯，追溯
I238 さかば **酒場** 0,3	名 酒館，酒店
I239 さか **逆らう** 3	自I 逆(風、流)；違背
I240 さか **盛り** 0	名 最盛期
I241 **さきおととい** 5	名 大前天
I242 さきほど **先程** 0	名 副 方才，剛才
I243 さぎょう **作業** 1	名 自III 工作，作業
I244 さ **裂く** 1	他I 撕裂；剖開；離間

さ

137

さ

1245 さく **昨～**	接頭 昨～；前一～ ☆「昨年度」さくねん ど
1246 さくいん **索引** 0	名 索引
1247 さくしゃ **作者** 1	名 作者
1248 さくじょ **削除** 1	名 他Ⅲ 刪除
1249 さくせい **作成** 0	名 他Ⅲ 作出，擬定 （文件、計畫）
1250 さくせい **作製** 0	名 他Ⅲ 製作（物品）
1251 さくひん **作品** 0	名 作品
1252 さくもつ **作物** 2	名 農作物
1253 さくら **桜** 0	名 櫻樹，櫻花
1254 さぐ **探る** 0	他Ⅰ 摸，找尋；刺探； 探求；探訪

*I*255 さけ 酒 ₀	名 酒	
*I*256 さけ 叫ぶ ₂	自I 喊叫；呼籲	
*I*257 さ 避ける ₂	他II 躲避，避開；避免	
*I*258 ささ 支える ₀,₃	他II 頂住，支撐；維持	
*I*259 ささや 囁く ₃,₀	自I 耳語，輕聲說話	
*I*260 さ 刺さる ₂	自I 扎，刺	∞ さ 刺す
*I*261 さじ 匙 ₂,₁	名 湯匙	→⁴ スプーン
*I*262 ざしき 座敷 ₃	名 (鋪榻榻米的)房間， 會客間	
*I*263 さ つか 差し支え ₀	名 不方便，妨礙	
*I*264 さ ひ 差し引く ₃,₀	他I 扣除，減去	

さ

139

1265 さしみ **刺身** 3	名 生魚片
1266 さ **指す** 1	他I 指，指向；指名 ☆「駅のほうを指す」
1267 さ **差す** 1	他I 插，佩帶 ☆「刀を差す」
1268 さ **挿す** 1	他I 插，插入 ☆「花を挿す」
1269 さ **刺す** 1	他I 刺，扎；叮，螫 ☆「ナイフで刺された」
1270 さ **注す** 1	他I 斟，注入 ☆「目薬をさす」
1271 さ **射す** 1	自I 照射 ☆「光がさす」
1272 さすが **流石** 3	副 果然，不愧
1273 ざ せき **座席** 0	名 座位，席位
1274 さそ **誘う** 0	他I 邀約；引起，促使

さ

_1275_ <ruby>札<rt>さつ</rt></ruby>。	名 紙幣，鈔票
_1276_ <ruby>撮影<rt>さつえい</rt></ruby>。	名 他Ⅲ 拍照，拍攝
_1277_ <ruby>雑音<rt>ざつおん</rt></ruby>。	名 雜音；噪音
_1278_ <ruby>作家<rt>さっか</rt></ruby>0,1	名 作家
_1279_ <ruby>作曲<rt>さっきょく</rt></ruby>。	名 自他Ⅲ 作曲
_1280_ さっさと1	副 趕快，迅速地
_1281_ <ruby>早速<rt>さっそく</rt></ruby>。	名 ナ形 副 立刻，馬上
_1282_ ざっと。	副 粗略地；大約
_1283_ さっぱり3	副(後接否定)全然(不) 自Ⅲ 清爽；爽快；(食物)清淡
_1284_ さて1	接続(另起話題)那麼

さ

さ

*1*285 ^{さ ばく}砂漠 0	名 沙漠
*1*286 ^{さび}錆 2	名 鏽
*1*287 ^さ錆びる 2	自II 生鏽
*1*288 ^{ざ ぶ とん}座布団 2	名 坐墊
*1*289 ^{さ べつ}差別 1	名 他III 差別待遇，歧視
*1*290 ^{さ ほう}作法 1	名 規範，禮節
*1*291 ^{さまざま}様々 2,3	名 ナ形 各式各樣
*1*292 ^さ冷ます 2	他I 弄涼，冷卻　∞冷める
*1*293 ^さ覚ます 2	他I 叫醒；使醒悟　∞覚める
*1*294 ^{さまた}妨げる 4	他II 阻礙，妨礙

1295 <ruby>冷<rt>さ</rt></ruby>める₂	自Ⅱ 變涼；(熱情等)減退 ∞ <ruby>冷<rt>さ</rt></ruby>ます
1296 <ruby>覚<rt>さ</rt></ruby>める₂	自Ⅱ 醒，清醒　⇔³<ruby>眠<rt>ねむ</rt></ruby>る ∞ <ruby>覚<rt>さ</rt></ruby>ます
1297 <ruby>左右<rt>さゆう</rt></ruby>₁	名 左與右；身邊 他Ⅲ 支配，左右
1298 <ruby>皿<rt>さら</rt></ruby>₀	名 碟子，盤子
1299 <ruby>更<rt>さら</rt></ruby>に₁	副 再，此外；更加
1300 サラリーマン₃	名 上班族　《salaried man》
1301 <ruby>去<rt>さ</rt></ruby>る₁	自Ⅰ 離開；過去，已過
1302 <ruby>猿<rt>さる</rt></ruby>₁	名 猿猴
1303 <ruby>騒<rt>さわ</rt></ruby>がしい₄	イ形 吵鬧的；動盪不安的
1304 <ruby>騒<rt>さわ</rt></ruby>ぎ₁	名 喧鬧；騷動

さ

さ

1305 <ruby>爽<rt>さわ</rt></ruby>やか₂	ナ形 清爽的，爽快的
1306 ～<ruby>山<rt>さん</rt></ruby>	接尾 ～山　　　☆「<ruby>富士山<rt>ふ じ さん</rt></ruby>」
1307 ～<ruby>産<rt>さん</rt></ruby>₀	接尾 ～產，～出產　　☆「<ruby>北海道産<rt>ほっかいどうさん</rt></ruby>」
1308 <ruby>参加<rt>さんか</rt></ruby>₀	名 自Ⅲ 參加，參與
1309 <ruby>三角<rt>さんかく</rt></ruby>₁	名 三角形
1310 <ruby>参考<rt>さんこう</rt></ruby>₀	名 他Ⅲ 參考
1311 <ruby>算数<rt>さんすう</rt></ruby>₃	名 (小學課程)數學
1312 <ruby>賛成<rt>さんせい</rt></ruby>₀	名 自Ⅲ 贊成，贊同 ⇔₃<ruby>反対<rt>はんたい</rt></ruby>
1313 <ruby>酸性<rt>さんせい</rt></ruby>₀	名 酸性　　　　∞<ruby>中性<rt>ちゅうせい</rt></ruby>
1314 <ruby>酸素<rt>さんそ</rt></ruby>₁	名 氧，氧氣

1315 <ruby>産地<rt>さんち</rt></ruby>1	名 産地	
1316 **サンプル**1	名 様品；様本	《sample》
1317 <ruby>山林<rt>さんりん</rt></ruby>0	名 山林	

さ

さ**し**すせそ

*1*318 <ruby>氏<rt>し</rt></ruby>₁	名 姓氏	
*1*319 <ruby>詩<rt>し</rt></ruby>₀	名 詩	
*1*320 〜<ruby>史<rt>し</rt></ruby>	接尾 〜史	☆「<ruby>日本史<rt>にほんし</rt></ruby>」
*1*321 〜<ruby>紙<rt>し</rt></ruby>	接尾 〜紙；〜報	☆「<ruby>和紙<rt>わし</rt></ruby>」、「<ruby>機関紙<rt>きかんし</rt></ruby>」
*1*322 〜<ruby>寺<rt>じ</rt></ruby>	接尾 〜寺	☆「<ruby>銀閣寺<rt>ぎんかくじ</rt></ruby>」
*1*323 <ruby>仕上<rt>しあ</rt></ruby>がる₃	自I 做完，完成	
*1*324 しあさって₃	名 大後天	
*1*325 <ruby>幸<rt>しあわ</rt></ruby>せ₀	名 ナ形 幸福	→ <ruby>幸福<rt>こうふく</rt></ruby>

1326 **シーズン**₁	名 季節；盛行時期 《season》
1327 **シーツ**₁	名 床單 《sheet》
1328 **寺院**₁ じ いん	名 寺院
1329 **しいんと**₀	副 自Ⅲ 靜悄悄，寂靜
1330 **ジーンズ**₁	名 牛仔布；牛仔衣、褲 《jeans》
1331 **自衛**₀ じ えい	名 他Ⅲ 自衛
1332 **ジェット機**₃ き	名 噴射機 《jet+機》
1333 **塩辛い**₄ しおから	イ形 鹹的
1334 **司会**₀ し かい	名 自Ⅲ 司儀，主持人； 主持(會議等)
1335 **四角**₃ し かく	名 ナ形 方形； 嚴肅，一本正經

1336 しかく **四角い** 3,0	イ形 方形的
1337 しかた **仕方がない** 5	連語 沒辦法，無可奈何 →しょうがない
1338 じか **直に** 1	副 直接，當面
1339 しか **然も** 2	接続 而且；然而，卻
1340 じかんめ **〜時間目**	助数 第〜節課

いちじかんめ 一時間目 6	ろくじかんめ 六時間目 6
にじかんめ 二時間目 5	しちじかんめ ななじかんめ 七時間目 6／七時間目 6
さんじかんめ 三時間目 6	はちじかんめ 八時間目 6
よじかんめ 四時間目 6	くじかんめ きゅうじかんめ 九時間目 5／九時間目 6
ごじかんめ 五時間目 5	じゅうじかんめ 十時間目 6

1341 じかんわ **時間割り** 0	名 功課表，課程表
1342 しき **式** 2	名 儀式；形式；公式

1343 四季 _{2,1} し き	名 四季	
1344 直 ₀ じき	名 ナ形 副 馬上；很近	
1345 時期 ₁ じ き	名 時期，期間	
1346 敷地 ₀ しき ち	名 用地	
1347 支給 ₀ し きゅう	名 他Ⅲ 支付，發放	
1348 至急 ₀ し きゅう	名 副 十萬火急，儘快	
1349 頻りに ₀ しき	副 頻頻；非常，過於	
1350 敷く ₀ し	他Ⅰ 鋪，墊；鋪設	
1351 刺激 ₀ し げき	名 他Ⅲ 刺激	
1352 茂る ₂ しげ	自Ⅰ 茂密	

149

*1*353 しげん **資源** 1	名 資源
*1*354 じけん **事件** 1	名 事件；案件
*1*355 じこく **時刻** 1	名 時刻，時間
*1*356 じさつ **自殺** 0	名 自Ⅲ 自殺
*1*357 じさん **持参** 0	名 他Ⅲ 帶來，帶去
*1*358 し じ **指示** 1	名 他Ⅲ 指示
*1*359 じじつ **事実** 1	名 事實 副 實際上
*1*360 じしゃく **磁石** 1	名 磁鐵；指南針
*1*361 ししゃごにゅう **四捨五入** 1	名 他Ⅲ 四捨五入
*1*362 しじゅう **始終** 1	名 始終，自始至終 副 總是，不斷

*1*363 <ruby>自習<rt>じしゅう</rt></ruby>。	名 他Ⅲ 自習	
*1*364 <ruby>支出<rt>ししゅつ</rt></ruby>。	名 他Ⅲ 支出	⇔<ruby>収入<rt>しゅうにゅう</rt></ruby>
*1*365 <ruby>事情<rt>じじょう</rt></ruby>。	名 緣故；情形，情況	
*1*366 <ruby>詩人<rt>しじん</rt></ruby>。	名 詩人	
*1*367 <ruby>自信<rt>じしん</rt></ruby>。	名 自信	
*1*368 <ruby>自身<rt>じしん</rt></ruby>₁	名 自己，本身	
*1*369 <ruby>静<rt>しず</rt></ruby>まる₃	自Ⅰ 靜下來，變平靜	
*1*370 <ruby>沈<rt>しず</rt></ruby>む。	自Ⅰ 沉沒；西沉；消沉 ⇔<ruby>浮<rt>う</rt></ruby>かぶ、<ruby>浮<rt>う</rt></ruby>く、<ruby>昇<rt>のぼ</rt></ruby>る	
*1*371 <ruby>姿勢<rt>しせい</rt></ruby>。	名 姿勢；態度	
*1*372 <ruby>自然<rt>しぜん</rt></ruby>。	名 ナ形 自然	⇔<ruby>人工<rt>じんこう</rt></ruby>

し

*1*373 **自然科学** 4 <small>し ぜん か がく</small>	名 自然科學
*1*374 **思想** 0 <small>し そう</small>	名 思想
*1*375 **時速** 1,0 <small>じ そく</small>	名 時速
*1*376 **子孫** 1 <small>し そん</small>	名 子孫；後代 ⇔ 先祖<small>せん ぞ</small>、祖先<small>そ せん</small>
*1*377 **舌** 2 <small>した</small>	名 舌，舌頭
*1*378 **死体** 0 <small>し たい</small>	名 屍體
*1*379 **次第** 0 <small>し だい</small>	名 順序，次序；情形
*1*380 **事態** 1 <small>じ たい</small>	名 事態，局勢
*1*381 **次第に** 0 <small>し だい</small>	副 逐漸
*1*382 **従う** 0,3 <small>したが</small>	自I 跟隨；聽從，遵從； 沿，順

*1*383 下書き。 したが	名 他Ⅲ 草稿，底稿
*1*384 従って0.3 したが	接続 因此，所以
*1*385 自宅0 じたく	名 自己的家
*1*386 親しい3 した	イ形 (血緣)近的；親近的
*1*387 下町0 したまち	名 都市中地勢低窪的 工商業發達區
*1*388 自治1 じち	名 自治
*1*389 質0 しつ	名 質，品質；本質　⇔量 りょう
*1*390 室〜 しつ	接頭 室〜　☆「室外」、「室内」 しつがい　しつない
*1*391 〜室 しつ	接尾 〜室，〜房間 ☆「診察室」、「応接室」 しんさつしつ　おうせつしつ
*1*392 〜日 じつ	接尾 〜日　☆「本日」、「昨日」 ほんじつ　さくじつ

153

じっかん *1393* **実感** ₀	名 他Ⅲ 實際感受到 名 真實感
しつぎょう *1394* **失業** ₀	名 自Ⅲ 失業
しっけ しっき *1395* **湿気／湿気** ₀,₃	名 濕氣
じっけん *1396* **実験** ₀	名 他Ⅲ 實驗
じつげん *1397* **実現** ₀	名 自他Ⅲ 實現
1398 **しつこい** ₃	イ形 (色、香、味)膩人的； 煩人的
じっこう *1399* **実行** ₀	名 他Ⅲ 實行
じっさい *1400* **実際** ₀	名 實際，事實 副 確實，實際上
じっし *1401* **実施** ₀	名 他Ⅲ 實施
じっしゅう *1402* **実習** ₀	名 他Ⅲ 實習

1403 <ruby>実績<rt>じっせき</rt></ruby> ₀	名	實際成績，績效
1404 <ruby>湿度<rt>しつど</rt></ruby> ₂,₁	名	溼度
1405 じっと ₀	副 自Ⅲ	目不轉睛；一動不動 ☆「じっと<ruby>見<rt>み</rt></ruby>る」
1406 <ruby>実に<rt>じつ</rt></ruby> ₂	副	實在，的確
1407 <ruby>実は<rt>じつ</rt></ruby> ₂	副	說實在的，其實
1408 <ruby>執筆<rt>しっぴつ</rt></ruby> ₀	名 自Ⅲ	執筆
1409 <ruby>実物<rt>じつぶつ</rt></ruby> ₀	名	實物
1410 しっぽ ₃	名	尾巴；末端
1411 <ruby>失望<rt>しつぼう</rt></ruby> ₀	名 自Ⅲ	失望
1412 <ruby>実用<rt>じつよう</rt></ruby> ₀	名	實用

し

*1*413 <ruby>実力<rt>じつりょく</rt></ruby>。	名 實力
*1*414 <ruby>実例<rt>じつれい</rt></ruby>。	名 實例
*1*415 <ruby>失恋<rt>しつれん</rt></ruby>。	名 自Ⅲ 失戀
*1*416 <ruby>指定<rt>してい</rt></ruby>。	名 他Ⅲ 指定
*1*417 <ruby>私鉄<rt>してつ</rt></ruby>。	名 私營鐵路
*1*418 <ruby>支店<rt>してん</rt></ruby>。	名 分店，分行
*1*419 <ruby>指導<rt>しどう</rt></ruby>。	名 他Ⅲ 指導
*1*420 <ruby>自動<rt>じどう</rt></ruby>。	名 自動
*1*421 <ruby>児童<rt>じどう</rt></ruby>1	名 兒童
*1*422 <ruby>品<rt>しな</rt></ruby>。	名 物品，商品；品質

*I*423 しはい **支配** 1,2	名 他Ⅲ 統治；支配
*I*424 しばい **芝居** 0	名 (傳統)戲劇；演戲，假裝 → えんげき 演劇
*I*425 **しばしば** 1	副 屢屢，常常
*I*426 しばふ **芝生** 0	名 草坪，草地
*I*427 しはら **支払い** 0	名 付錢，支付
*I*428 しはら **支払う** 3	他Ⅰ 支付，付款
*I*429 しば **縛る** 2	他Ⅰ 捆，綁；束縛，限制 ⇔ ほどく
*I*430 じばん **地盤** 0	名 地層；地基；勢力範圍
*I*431 しび **痺れる** 3	自Ⅱ 發麻；陶醉
*I*432 しへい **紙幣** 1	名 紙幣，紙鈔 ⇔ こうか 硬貨

*1*433 死亡。 しぼう	名 自Ⅲ 死亡
*1*434 凋む／萎む。 しぼ　　しぼ	自Ⅰ 枯萎；(氣球、人心) 洩氣　　　⇔膨らむ 　　　　　　　　　ふく
*1*435 絞る₂ しぼ	他Ⅰ 擰，絞；縮小
*1*436 資本。 しほん	名 資本
*1*437 縞₂ しま	名 條紋
*1*438 仕舞い。 しま	名 結束；末尾，最後 　　　　　　　→³終わり 　　　　　　　　　　お
*1*439 姉妹₁ しまい	名 姉妹
*1*440 仕舞う。 しま	自Ⅰ 終了 　　　　　　　→⁴終わる 　　　　　　　　　　お 他Ⅰ 結束；收拾，歸位
*1*441 しまった₂	感 糟了，糟糕
*1*442 自慢。 じまん	名 他Ⅲ 自誇

し

1443 <ruby>地味<rt>じ み</rt></ruby> ₂	名 ナ形 樸素，樸實 ⇔ <ruby>派手<rt>は で</rt></ruby>
1444 しみじみ ₃	副 深切地；懇切地
1445 <ruby>事務<rt>じ む</rt></ruby> ₁	名 事務
1446 <ruby>氏名<rt>しめい</rt></ruby> ₁	名 姓名
1447 <ruby>締<rt>し</rt></ruby>め<ruby>切<rt>き</rt></ruby>り ₀	名 截止，終止 ☆「<ruby>予約<rt>よ やく</rt></ruby>の<ruby>締<rt>し</rt></ruby>め<ruby>切<rt>き</rt></ruby>り」
1448 <ruby>締<rt>し</rt></ruby>め<ruby>切<rt>き</rt></ruby>る ₃,₀	他Ⅰ 截止，終止
1449 <ruby>示<rt>しめ</rt></ruby>す ₂,₀	他Ⅰ 出示；表示
1450 しめた ₁	感 太好了，太棒了
1451 <ruby>占<rt>し</rt></ruby>める ₂	他Ⅰ 占據；占有(比率)
1452 <ruby>湿<rt>しめ</rt></ruby>る ₀	自Ⅰ 潮濕；消沉，鬱悶 ⇔ ₃<ruby>乾<rt>かわ</rt></ruby>く

*1*453 <ruby>地面<rt>じ めん</rt></ruby>₁	名 地面；土地	
*1*454 <ruby>下<rt>しも</rt></ruby>₂	名 下方；下半，末尾 ⇔<ruby>上<rt>かみ</rt></ruby> ☆「<ruby>下<rt>しも</rt></ruby>の巻」	
*1*455 <ruby>霜<rt>しも</rt></ruby>₂	名 霜	
*1*456 ～<ruby>車<rt>しゃ</rt></ruby>	接尾 ～車	☆「<ruby>消防車<rt>しょうぼうしゃ</rt></ruby>」、 「<ruby>清掃車<rt>せいそうしゃ</rt></ruby>」
*1*457 ～<ruby>者<rt>しゃ</rt></ruby>	接尾 ～者	☆「<ruby>担当者<rt>たんとうしゃ</rt></ruby>」、 「<ruby>被害者<rt>ひがいしゃ</rt></ruby>」
*1*458 ～<ruby>社<rt>しゃ</rt></ruby>	接尾 ～社，～公司 ☆「<ruby>出版社<rt>しゅっぱんしゃ</rt></ruby>」、「<ruby>新聞社<rt>しんぶんしゃ</rt></ruby>」	
*1*459 ジャーナリスト₄	名 新聞工作者 《journalist》	
*1*460 <ruby>社会科学<rt>しゃかい か がく</rt></ruby>₄	名 社會科學	
*1*461 しゃがむ₀	自I 蹲下	
*1*462 <ruby>蛇口<rt>じゃぐち</rt></ruby>₀	名 水龍頭	

1463 じゃくてん **弱点** 3,0	名 缺點;弱點	→ たんしょ 短所
1464 しゃこ **車庫** 1	名 車庫	
1465 しゃしょう **車掌** 0	名 車掌	
1466 しゃせい **写生** 0	名 他Ⅲ 寫生	
1467 しゃせつ **社説** 0	名 (報刊)社論	
1468 しゃっきん **借金** 3	名 自Ⅲ 借錢,負債	
1469 しゃっくり 1	名 自Ⅲ 嗝,打嗝	
1470 シャッター 1	名 鐵捲門;快門	《shutter》
1471 しゃどう **車道** 0	名 車道	⇔ ほどう 歩道
1472 しゃぶる 0	他Ⅰ 含,吸吮	

1473 しゃべ 喋る 2	自他I 說，講；多嘴多舌
1474 しゃりん 車輪 0	名 車輪
1475 しゃれ 洒落 0	名 俏皮話，詼諧語
1476 けん じゃん拳 3,1,0	名 自Ⅲ (遊戲)剪刀石頭布， 猜拳
1477 しゅ ～手	接尾 從事某工作的人 ☆「運転手」、「交換手」
1478 しゅ ～酒	接尾 ～酒 ☆「日本酒」、「洋酒」
1479 しゅう 週 1	名 週，星期
1480 しゅう 州 1	名 (行政區畫)州
1481 しゅう ～集	接尾 (輯錄詩、文的書籍) ～集 ☆「詩集」
1482 じゅう 銃 1	名 槍

| 1483 じゅう
重～ | 接頭 重～　☆「重金属」、「重傷」 |
| 1484 じゅう
～重。 | 助数 ～重，～層
☆「五重の塔」 |

いちじゅう 一重。	ろくじゅう 六重。
にじゅう 二重。	ななじゅう 七重。
さんじゅう 三重。	はちじゅう 八重。
よんじゅう 四重。	くじゅう　　きゅうじゅう 九重。／九重。
ごじゅう 五重。	じゅうじゅう 十重。

1485 しゅうい **周囲**₁	名 周緣；周遭環境
1486 しゅうかい **集会**。	名 自Ⅲ 集會　　→会合
1487 しゅうかく **収穫**。	名 他Ⅲ (農作物)收成； 　收穫，成果
1488 しゅうかん **週間**。	名 (一)週，(一)星期
1489 じゅうきょ **住居**₁	名 住所，居處　　→住宅

1490 しゅうきょう **宗教** 1	名 宗教	
1491 しゅうきん **集金** 0	名 他Ⅲ 收款，收得的款項	
1492 しゅうごう **集合** 0	名 自他Ⅲ 集合	かいさん ⇔ 解散
1493 しゅうじ **習字** 0	名 習字，練字	
1494 じゅうし **重視** 1,0	名 他Ⅲ 重視	
1495 しゅうしょく **就職** 0	名 自Ⅲ 就職，就業	
1496 ジュース 1	名 果汁	《juice》
1497 しゅうせい **修正** 0	名 他Ⅲ 修正，修改	
1498 しゅうぜん **修繕** 0,1	名 他Ⅲ 修繕，修理	しゅうり → 修理
1499 じゅうたい **重体** 0	名 病危，重傷	

1500 渋滞。 <small>じゅうたい</small>	名 自Ⅲ 遲滯；(交通)阻塞
1501 重大。 <small>じゅうだい</small>	ナ形 重大的，重要的； 嚴重的 →重要 <small>じゅうよう</small>
1502 住宅。 <small>じゅうたく</small>	名 住宅 →住居 <small>じゅうきょ</small>
1503 集団。 <small>しゅうだん</small>	名 集體，集團 →団体 <small>だんたい</small>
1504 絨毯₁ <small>じゅうたん</small>	名 地毯
1505 集中。 <small>しゅうちゅう</small>	名 自他Ⅲ 集中
1506 終点。 <small>しゅうてん</small>	名 終點；終點站
1507 重点₃,₀ <small>じゅうてん</small>	名 重點
1508 収入。 <small>しゅうにゅう</small>	名 收入，所得 ⇔支出 <small>ししゅつ</small>
1509 就任。 <small>しゅうにん</small>	名 自Ⅲ 就任，就職

*I*510 周辺₀ <small>しゅうへん</small>	名 周邊，四周
*I*511 住民₀ <small>じゅうみん</small>	名 住民，居民
*I*512 重役₀ <small>じゅうやく</small>	名 要職；董監事
*I*513 重要₀ <small>じゅうよう</small>	名 ナ形 重要　　　→重大 <small>じゅうだい</small>
*I*514 修理₁ <small>しゅうり</small>	名 他Ⅲ 修理，修繕　→修繕 <small>しゅうぜん</small>
*I*515 終了₀ <small>しゅうりょう</small>	名 自Ⅲ 終了，結束　→完了 <small>かんりょう</small> 他Ⅲ 做完，完成　⇔開始 <small>かいし</small>
*I*516 重量₃ <small>じゅうりょう</small>	名 重量
*I*517 重力₁ <small>じゅうりょく</small>	名 重力
*I*518 主義₁ <small>しゅぎ</small>	名 主義；(個人)原則
*I*519 熟語₀ <small>じゅくご</small>	名 複合詞；成語，慣用語

*1*520 祝日。 しゅくじつ	名 節日，國定假日 ⇔ 平日 へいじつ
*1*521 縮小。 しゅくしょう	名 自他Ⅲ 縮小，縮減 ⇔ 拡大 かくだい
*1*522 宿泊。 しゅくはく	名 自Ⅲ 投宿，住宿
*1*523 受験。 じゅけん	名 自他Ⅲ 應考，投考
*1*524 主語1 しゅご	名 主語，主詞 ⇔ 述語 じゅつご
*1*525 手術1 しゅじゅつ	名 他Ⅲ 手術
*1*526 首相。 しゅしょう	名 首相，內閣總理 → 総理大臣 そうりだいじん
*1*527 主人1 しゅじん	名 主人；丈夫
*1*528 手段1 しゅだん	名 手段，方法 ⇔ 目的 もくてき
*1*529 主張。 しゅちょう	名 他Ⅲ 主張

*1*530 しゅっきん **出勤**。	名 自Ⅲ 上班
*1*531 じゅつご **述語**。	名 述語，謂語　⇔ しゅご 主語
*1*532 しゅつじょう **出場**。	名 自Ⅲ 出場，上場
*1*533 しゅっしん **出身**。	名 出身
*1*534 しゅっちょう **出張**。	名 自Ⅲ 出差
*1*535 しゅっぱん **出版**。	名 他Ⅲ 出版
*1*536 しゅと **首都**1,2	名 首都
*1*537 しゅふ **主婦**1	名 家庭主婦
*1*538 じゅみょう **寿命**。	名 壽命；(物品)使用期限
*1*539 しゅやく **主役**。	名 (戲劇、事件)主角

_1_540 しゅよう **主要** 0	名 ナ形 主要
_1_541 じゅよう **需要** 0	名 需要，需求　⇔供給 _{きょうきゅう}
_1_542 しゅるい **種類** 1	名 種類
_1_543 じゅわき **受話器** 2	名 受話器，聽筒
_1_544 じゅん **順** 0	名 順序　⇔逆 _{ぎゃく}
_1_545 しゅんかん **瞬間** 0	名 瞬間
_1_546 じゅんかん **循環** 0	名 自Ⅲ 循環
_1_547 じゅんさ **巡査** 1,0	名 警佐；警察
_1_548 じゅんじゅん **順々** 3	副 依序
_1_549 じゅんじょ **順序** 1	名 順序；程序，步驟

*1*550 じゅんじょう **純情**。	名 ナ形 純情，天真
*1*551 じゅんすい **純粋**。	名 ナ形 純，純粹；純真
*1*552 じゅんちょう **順調**。	名 ナ形 順利
*1*553 じゅんばん **順番**。	名 次序；輪流
*1*554 しょ **初〜**	接頭 初〜，第一次 ☆「初期」、「初診」
*1*555 しょ **諸〜**	接頭 諸〜 ☆「諸国」、「諸問題」
*1*556 しょ じょ **〜所／〜所**	接尾 〜所 ☆「事務所」、 「研究所」
*1*557 じょ **助〜**	接頭 助〜，副〜 ☆「助監督」、「助教授」
*1*558 じょ **女〜**	接頭 女〜，女性〜 ☆「女医」
*1*559 じょ **〜女**	接尾 〜女，〜女兒 ☆「長女」、「次女」、「養女」

170

*1*560 **使用**。 <small>しよう</small>	名 他Ⅲ 使用，利用	
*1*561 **小**₁ <small>しょう</small>	名 小	<small>だい</small> ⇔ 大
*1*562 **章**₁ <small>しょう</small>	名 章，章節	
*1*563 **賞**₁ <small>しょう</small>	名 賞，奬	
*1*564 **省～** <small>しょう</small>	接頭 省～	<small>しょうりょく</small> ☆「省力」
*1*565 **～省** <small>しょう</small>	接尾 （内閣）～省	<small>もんぶしょう</small> ☆「文部省」
*1*566 **～商** <small>しょう</small>	接尾 ～商	<small>ぼうえきしょう</small> ☆「貿易商」

I567 ～勝。 しょう	助数 (贏的次數)～勝 ☆「三勝二敗」 さんしょう　に　はい

いっしょう 一勝。	ろくしょう 六勝。
にしょう 二勝。	ななしょう 七勝。
さんしょう 三勝。	はっしょう 八勝。
よんしょう 四勝。	きゅうしょう 九勝。
ごしょう 五勝。	じゅっしょっ　じっしょう 十勝。／十勝。

I568 上₁ じょう	名 上，上等；(書)上巻 ⇔下 げ

I569 ～状 じょう	接尾 (文書)～信，～函 ☆「案内状」、「感謝状」 あんないじょう　　かんしゃじょう

I570 ～場。 じょう	接尾 ～場，～場所 ☆「運動場」 うんどうじょう

1571 ~畳 じょう	助数 (榻榻米) ~張，~塊

いちじょう 一畳 3,2	ろくじょう 六畳 3
にじょう 二畳 2,1	ななじょう 七畳 3
さんじょう 三畳 3,1	はちじょう 八畳 3
よじょう 四畳 2	きゅうじょう　くじょう 九畳 3／九畳 2
ごじょう 五畳 2	じゅうじょう 十畳 3,1

1572 消化 0 しょうか	名 自他Ⅲ 消化；理解
1573 障害 0 しょうがい	名 障礙；(身體)機能障礙
1574 奨学金 0 しょうがくきん	名 獎學金
1575 小学生 3 しょうがくせい	名 小學生
1576 しょうがない 4	連語 沒辦法，無可奈何 →仕方がない しかた
1577 将棋 0 しょうぎ	名 將棋，(日本)象棋

1578 じょうき **蒸気** 1	名 蒸汽；水蒸氣
1579 じょうぎ **定規** 1	名 尺
1580 じょうきゃく **乗客** 0	名 乘客
1581 じょうきゅう **上級** 0	名 高級，高等；高年級 しょきゅう ⇔初級
1582 しょうぎょう **商業** 1	名 商業
1583 じょうきょう **上京** 0	名 自Ⅲ 進京， （日本指）去東京
1584 じょうきょう **状況** 0	名 狀況，情況
1585 しょうきょくてき **消極的** 0	ナ形 消極的 せっきょくてき ⇔積極的
1586 しょうきん **賞金** 0	名 賞金，獎金
1587 じょうげ **上下** 1	名 自Ⅲ 上與下； 上下動，升降

1588 じょうけん **条件** 3,0	名 條件	
1589 しょうご **正午** 1	名 正午	
1590 しょうじ **障子** 0	名 (紙糊)日式格子門窗 ∞ふすま	
1591 しょうじき **正直** 3,4	名 ナ形 正直，誠實	
1592 じょうしき **常識** 0	名 常識	
1593 しょうしゃ **商社** 1	名 貿易公司	
1594 じょうしゃ **乗車** 0	名 自Ⅲ 上車，乘車 ⇔下車 _{げしゃ}	
1595 じょうじゅん **上旬** 0	名 上旬 →初旬 _{しょじゅん} ∞中旬、下旬 _{ちゅうじゅん げじゅん}	
1596 しょうじょ **少女** 1	名 少女 ⇔少年 _{しょうねん}	
1597 しょうしょう **少々** 1	名 些許 副 稍微	

*1*598	しょうじょう **症状** 3,0	名 症狀
*1*599	しょう **生じる**／**生ずる** 0,3	自他 II 自他 III 長出，冒出； 發生，產生
*1*600	しょうすう **小数** 3	名 (數學)小數 ∞ せいすう ぶんすう 整数、分数
*1*601	じょうたい **状態** 0	名 狀態，情況
*1*602	じょうたつ **上達** 0	名 自III (學業、技藝等)進步
*1*603	じょうだん **冗談** 3	名 玩笑，笑話
*1*604	しょうてん **商店** 1	名 商店
*1*605	しょうてん **焦点** 1,0	名 焦點
*1*606	じょうとう **上等** 0	名 ナ形 上等
*1*607	しょうどく **消毒** 0	名 他III 消毒

1_{608} しょうとつ **衝突** 0	名 自Ⅲ 衝撞；(意見等)衝突
1_{609} しょうにん **商人** 1	名 商人
1_{610} しょうにん **承認** 0	名 他Ⅲ 認可，批准
1_{611} しょうねん **少年** 0	名 少年　　　　　しょうじょ 　　　　　　　⇔少女
1_{612} しょうはい **勝敗** 0	名 勝敗，勝負　　しょうぶ 　　　　　　　→勝負
1_{613} しょうばい **商売** 1	名 自他Ⅲ 買賣，生意
1_{614} じょうはつ **蒸発** 0	名 自Ⅲ 蒸發；失蹤
1_{615} しょうひ **消費** 0,1	名 他Ⅲ 消費，耗費
1_{616} しょうひん **商品** 1	名 商品
1_{617} しょうひん **賞品** 0	名 獎品

*1*618 じょうひん **上品** 3	ナ形 高雅的 ⇔ げひん 下品 名 上等貨，高級品
*1*619 しょうぶ **勝負** 1	名 自Ⅲ 勝負，輸贏；決勝負 しょうはい → 勝敗
*1*620 しょうべん **小便** 3	名 自Ⅲ 小便，尿
*1*621 しょうぼう **消防** 0	名 消防
*1*622 じょうほう **情報** 0	名 消息，資訊
*1*623 しょうぼうしょ **消防署** 0,5	名 消防隊
*1*624 しょうみ **正味** 1	名 淨重；實際(時間、價格) しょうみさんびゃく ☆「正味300グラム」
*1*625 しょうめい **証明** 0	名 他Ⅲ 證明
*1*626 しょうめん **正面** 3	名 正面；正前方
*1*627 しょうもう **消耗** 0	名 自他Ⅲ 消耗

1628 しょうりゃく **省略** ₀	名 他Ⅲ 省略	
1629 じょおう **女王** ₂	名 女王	おう ⇔ 王
1630 しょきゅう **初級** ₀	名 初級	じょうきゅう ⇔ 上級
1631 じょきょうじゅ **助教授** ₂	名 副教授	
1632 しょく **職** ₀	名 工作，職業；職務； 手藝	
1633 しょく **〜色**	助数 〜色，〜種顔色	

いっしょく 一色 ₄	ろくしょく 六色 ₂
に しょく 二色 ₁	ななしょく 七色 ₂
さんしょく 三色 ₁	はっしょく 八色 ₄
よんしょく 四色 ₁	きゅうしょく 九色 ₁
ごしょく 五色 ₁	じゅっしょく　じっしょく 十色 ₄／十色 ₄

1634 しょくえん **食塩** ₂	名 食鹽

1635 しょくぎょう **職業** 2	名 職業	
1636 しょくたく **食卓** 0	名 餐桌	
1637 しょくにん **職人** 0	名 工匠，(工藝)師傅	
1638 しょくば **職場** 0,3	名 工作場所	
1639 しょくひん **食品** 0	名 食品	→³しょくりょうひん 食料品
1640 しょくぶつ **植物** 2	名 植物	
1641 しょくもつ **食物** 2	名 食物	→⁴た もの 食べ物
1642 しょくよく **食欲** 0,2	名 食慾	
1643 しょくりょう **食料** 2	名 食物，食材	
1644 しょくりょう **食糧** 2	名 (米、麥等)糧食，主食	

1645 **書斎** ₀ しょさい	名 書齋，書房
1646 **女子** ₁ じょし	名 女孩；(泛指)女性 ⇔男子
1647 **助手** ₀ じょしゅ	名 助手；(大學)助教
1648 **初旬** _{0,1} しょじゅん	名 上旬　　　　　　→上旬
1649 **徐々に** ₁ じょじょ	副 徐緩；漸漸
1650 **書籍** _{1,0} しょせき	名 書籍，圖書 →書物、図書
1651 **食器** ₀ しょっき	名 食具，餐具
1652 **ショップ** ₁	名 商店，小店　　　《shop》
1653 **書店** _{0,1} しょてん	名 書店
1654 **書道** ₁ しょどう	名 書法

1655 しょ ほ **初歩** 1	名 初步，入門
1656 しょめい **署名** 0	名 自Ⅲ 署名，簽名
1657 しょもつ **書物** 1	名 書，書籍　→ しょせき と しょ 書籍、図書
1658 じょゆう **女優** 0	名 女演員
1659 しょり **処理** 1	名 他Ⅲ 處理 ☆「もんだい 問題をうまく しょり 処理する」
1660 しょるい **書類** 0	名 文件
1661 しらが **白髪** 3	名 白髮
1662 し **知らせ** 0	名 通知，消息；預兆
1663 しり **尻** 2	名 臀，屁股；後頭； (器具)底
1664 し あ **知り合い** 0	名 相識；相識的人，熟人

1_{665} シリーズ 1,2	名 系列	《series》
1_{666} <ruby>私立<rt>しりつ</rt></ruby> 1	名 私立	∞ <ruby>国立<rt>こくりつ</rt></ruby>
1_{667} <ruby>資料<rt>しりょう</rt></ruby> 1	名 資料	
1_{668} <ruby>汁<rt>しる</rt></ruby> 1	名 汁，液；湯	
1_{669} <ruby>印<rt>しるし</rt></ruby> 0	名 記號；象徵，表示	
1_{670} <ruby>城<rt>しろ</rt></ruby> 0	名 城	
1_{671} <ruby>素人<rt>しろうと</rt></ruby> 1,2	名 外行，門外漢	
1_{672} <ruby>皺<rt>しわ</rt></ruby> 0	名 皺紋，皺摺 ★「<ruby>顔<rt>かお</rt></ruby>のしわ」	
1_{673} <ruby>芯<rt>しん</rt></ruby> 1	名 芯，(物體)中心部分	
1_{674} <ruby>新<rt>しん</rt></ruby>〜	接頭 新〜	☆「<ruby>新商品<rt>しんしょうひん</rt></ruby>」 ⇔<ruby>古<rt>ふる</rt></ruby>〜

し

1675 しんがく **進学** ₀	名 自Ⅲ 升學
1676 しんかんせん **新幹線** ₃	名 (日本子彈列車)新幹線
1677 しんくう **真空** ₀	名 真空
1678 しんけい **神経** ₁	名 神經;感覺,精神
1679 しんけん **真剣** ₀	ナ形 認真的,一絲不苟的
1680 しんこう **信仰** ₀	名 他Ⅲ 信仰
1681 しんごう **信号** ₀	名 信號;交通號誌
1682 じんこう **人工** ₀	名 人工　→ じんぞう 人造 ⇔ しぜん　てんねん 自然、天然
1683 しんこく **深刻** ₀	名 ナ形 深刻,深入; 重大,嚴重;凝重
1684 しんさつ **診察** ₀	名 他Ⅲ 診察

1685 じんじ **人事** 1	名 人事	
1686 じんしゅ **人種** 0	名 人種	
1687 しん しん **信じる／信ずる** 3	他Ⅱ 他Ⅲ 相信；信賴；信仰 ⇔ 疑う	
1688 しんしん **心身** 1,0	名 身心	
1689 しんせい **申請** 0	名 他Ⅲ 申請	
1690 じんせい **人生** 1	名 人生	
1691 しんせき **親戚** 0	名 親戚	→ しんるい 親類
1692 しんせん **新鮮** 0	ナ形 新鮮的	
1693 しんぞう **心臓** 0	名 心臓	
1694 じんぞう **人造** 0	名 人造	→ じんこう 人工

し

*1*695 しんたい **身体** 1	名 身體
*1*696 しんだい **寝台** 0	名 床，臥鋪
*1*697 しんだん **診断** 0	名 他Ⅲ 診斷；分析判斷
*1*698 しんちょう **身長** 0	名 身高
*1*699 しんちょう **慎重** 0	名 ナ形 慎重
*1*700 しんにゅう **侵入** 0	名 自Ⅲ 侵入
*1*701 しんばん **審判** 0,1	名 他Ⅲ 審判；(體育)裁判
*1*702 じんぶつ **人物** 1	名 人，人物；人品；人才
*1*703 じんぶんかがく **人文科学** 5	名 人文科學
*1*704 しんぽ **進歩** 1	名 自Ⅲ 進步

1705 じんめい **人命** 0	名 人命	
1706 しんや **深夜** 1	名 深夜	
1707 しんゆう **親友** 0	名 好友，摯友	
1708 しんよう **信用** 0	名 他Ⅲ 採信；信用，信譽	
1709 しんらい **信頼** 0	名 他Ⅲ 信賴	
1710 しんり **心理** 1	名 心理	
1711 しんりん **森林** 0	名 森林	
1712 しんるい **親類** 0	名 親屬，親戚	→しん 親せき
1713 じんるい **人類** 1	名 人類	
1714 しんろ **針路** 1	名 航線	

| **1715** しんわ
神話。 | 名 神話，神話故事 |

し

*1*716 <ruby>巣<rt>す</rt></ruby> 1,0	名	巢，窩；巢穴，賊窩
*1*717 <ruby>酢<rt>す</rt></ruby> 1	名	醋
*1*718 <ruby>図<rt>ず</rt></ruby> 0	名	圖，圖形
*1*719 <ruby>水産<rt>すいさん</rt></ruby> 0	名	水產
*1*720 <ruby>炊事<rt>すいじ</rt></ruby> 0	名 自Ⅲ	烹飪，做飯
*1*721 <ruby>水準<rt>すいじゅん</rt></ruby> 0	名	水準
*1*722 <ruby>水蒸気<rt>すいじょうき</rt></ruby> 3	名	水蒸氣
*1*723 <ruby>推薦<rt>すいせん</rt></ruby> 0	名 他Ⅲ	推薦

*1*724 <ruby>水素<rt>すいそ</rt></ruby> 1	名 氫，氫氣
*1*725 <ruby>垂直<rt>すいちょく</rt></ruby> 0	名 ナ形 垂直　　　　⇔ <ruby>水平<rt>すいへい</rt></ruby>
*1*726 **スイッチ** 2,1	名 電源開關　　　　《switch》
*1*727 <ruby>推定<rt>すいてい</rt></ruby> 0	名 他Ⅲ 推定，推斷
*1*728 <ruby>水滴<rt>すいてき</rt></ruby> 0	名 水滴，水珠
*1*729 <ruby>水筒<rt>すいとう</rt></ruby> 0	名 (攜帶式)水壺
*1*730 <ruby>随筆<rt>ずいひつ</rt></ruby> 0	名 隨筆
*1*731 <ruby>水分<rt>すいぶん</rt></ruby> 1	名 水分
*1*732 <ruby>水平<rt>すいへい</rt></ruby> 0	名 ナ形 水平　　　　⇔ <ruby>垂直<rt>すいちょく</rt></ruby>
*1*733 <ruby>水平線<rt>すいへいせん</rt></ruby> 0,3	名 水平線

す

1734 すいみん **睡眠** ₀	名 睡眠	
1735 すいめん **水面** ₀	名 水面	
1736 すいよう **水曜** ₃.₀／**水** ₁	名 星期三	すいよう び →⁴水曜日
1737 すう **数** ₁	名 數，數量	
1738 すうがく **数学** ₀	名 數學	
1739 ずうずう **図々しい** ₅	イ形 厚顏無恥的，不要臉的	
1740 **ずうっと** ₀	副 ～得多，相當；一直 →³ずっと	
1741 **スープ** ₁	名 (西餐)湯　《soup》	
1742 すえ **末** ₀	名 末；末端	とし すえ ☆「年の末」 はじ ⇔⁴初め
1743 すえ こ **末っ子** ₀	名 老么	

I744 **スカーフ** ₂	名 領巾，絲巾 《scarf》	
I745 <ruby>姿<rt>すがた</rt></ruby> ₁	名 姿態，身段； 穿著打扮；身影	
I746 <ruby>図鑑<rt>ずかん</rt></ruby> ₀	名 圖鑑	
I747 <ruby>隙<rt>すき</rt></ruby> ₀	名 間隙；餘暇；疏忽	
I748 <ruby>杉<rt>すぎ</rt></ruby> ₀	名 杉	
I749 **スキー** ₂	名 滑雪板；滑雪 《ski》	
I750 <ruby>好<rt>す</rt></ruby>き<ruby>嫌<rt>きら</rt></ruby>い ₂	名 好惡；挑食	
I751 <ruby>好<rt>す</rt></ruby>き<ruby>好<rt>す</rt></ruby>き ₂	名 各有所好	
I752 <ruby>透<rt>す</rt></ruby>き<ruby>通<rt>とお</rt></ruby>る ₃	自I 透明，清澈；清脆	
I753 <ruby>隙間<rt>すきま</rt></ruby>／<ruby>透<rt>す</rt></ruby>き<ruby>間<rt>ま</rt></ruby> ₀	名 間隙，縫隙	

す

1754 <ruby>救<rt>すく</rt></ruby>う 。	他 I 拯救，解救	
1755 スクール 2	名 學校	《school》
1756 <ruby>少<rt>すく</rt></ruby>なくとも 2,3	副 至少，起碼	
1757 <ruby>優<rt>すぐ</rt></ruby>れる 3	自 II 優秀，傑出	⇔ <ruby>劣<rt>おと</rt></ruby>る
1758 <ruby>図形<rt>ずけい</rt></ruby> 。	名 圖形	
1759 スケート 0,2	名 冰鞋；溜冰	《skate》
1760 スケジュール 2,3	名 日程，時間表	《schedule》
1761 <ruby>少<rt>すこ</rt></ruby>しも 2,0	副 (後接否定)一點也(不)	
1762 <ruby>過<rt>す</rt></ruby>ごす 2	他 I 度過，生活 ∞ ³<ruby>過<rt>す</rt></ruby>ぎる	
1763 <ruby>筋<rt>すじ</rt></ruby> 1	名 筋；線；條理	

す

I_{764} ^{すず}鈴 ₀	名 鈴，鈴鐺	
I_{765} ^{すず}涼む ₂	自Ⅰ 乘涼，納涼	
I_{766} ^{すす}進める ₀	他Ⅱ 使前進；進行；提升；撥快(鐘) ∞ ³^{すす}進む	
I_{767} ^{すす}勧める ₀	他Ⅱ 勸誘；建議	
I_{768} スター ₂	名 星星；明星，傑出人物 《star》	
I_{769} スタート ₂,₀	名 自Ⅲ 開始，出發 《start》 名 起點	
I_{770} スタイル ₂	名 身材；樣式；文體，風格 《style》	
I_{771} スタンド ₀	名 看臺；小賣店 《stand》	
I_{772} スチュワーデス ₃	名 空中小姐 《stewardess》	
I_{773} ^{ずつう}頭痛 ₀	名 頭痛；煩惱	

1774 すっきり ₃	副 自Ⅲ	舒暢；乾淨俐落
1775 すっと ₀,₁	副	迅速，輕快；暢快
1776 酸っぱい ₃ <ruby>酸<rt>す</rt></ruby>	イ形	酸的
1777 ステージ ₂	名	(表演用)舞臺　《stage》→ 舞台 <ruby><rt>ぶ たい</rt></ruby>
1778 すてき ₀	ナ形	絕佳的，絕妙的
1779 既に ₁ <ruby>既<rt>すで</rt></ruby>	副	已經，業已
1780 ストッキング ₂	名	(女性、小孩的)長統襪；絲襪　《stocking》
1781 ストップ ₂	名 自Ⅲ	停止，結束　《stop》
1782 素直 ₁ <ruby>素直<rt>すなお</rt></ruby>	ナ形	溫順的，聽話的
1783 即ち ₂ <ruby>即<rt>すなわ</rt></ruby>	接続	即，就是

す

1784 ずのう **頭脳** 1	名 腦;腦筋,思考力;首腦
1785 **スピーカー** 2	名 擴音器,喇叭　《speaker》
1786 **スピーチ** 2	名 致詞,演說　　　《speech》
1787 **スピード** 0	名 速度　　　　　　《speed》
1788 ずひょう **図表** 0	名 圖表
1789 すべ **全て** 1	名 副 全部,一切
1790 **スマート** 2	ナ形 苗條的;時髦的 《smart》
1791 す **住まい** 1,2	名 住處;居住
1792 す **済ませる** 3	他 II 做完;應付,將就 ∞ 3 す 済む
1793 す **済まない** 2	連語 對不起,過意不去

す

1794 すみ **墨** ₂	名 墨；墨汁	
1795 ず **～済み** ₀	接尾 ～完，已～ ☆「支払い済み」	
1796 す す **澄む／清む** ₁	自Ⅰ 清澈，澄清　　⇔濁る	
1797 すもう **相撲** ₀	名 相撲	
1798 **スライド** ₀	名 幻燈機；幻燈片　《slide》 自Ⅲ 滑，滑動	
1799 **ずらす** ₂	他Ⅰ 挪，挪開　　∞ずれる	
1800 **ずらり** ₂,₃	副 一大排　☆「ずらりと並ぶ」	
1801 す **刷る** ₁	他Ⅰ 印刷	
1802 ずる **狡い** ₂	イ形 狡猾的	
1803 するど **鋭い** ₃	イ形 尖銳的；敏銳的 ⇔鈍い	

I804 <ruby>擦<rt>す</rt></ruby>れ<ruby>違<rt>ちが</rt></ruby>う 4,0	自I 錯車；擦肩而過
I805 ずれる 2	自II 偏離　　　∞ ずらす
I806 <ruby>寸法<rt>すんぽう</rt></ruby> 0	名 尺寸；計畫

す

せ

*1*807 **背** 0,1 せ	名 背部；後面；身高	⇔ 腹 はら
*1*808 **正** 1 せい	名 正，正道	
*1*809 **生** 1 せい	名 生存；生命；生活	
*1*810 **性** 1 せい	名 本性；性別	
*1*811 **姓** 1 せい	名 姓，姓氏	
*1*812 **所為** 1 せ い	名 因為～（造成不好的結果）	
*1*813 **～性** 0 せい	接尾 ～性	☆「可能性」、 か のうせい 「危険性」 き けんせい
*1*814 **税** 1 ぜい	名 税	

1815 せいかく **性格**₀	名 性格，個性；性質
1816 せいかく **正確**₀	名 ナ形 正確
1817 ぜいかん **税関**₀	名 海關
1818 せい き **世紀**₁	名 世紀
1819 せいきゅう **請求**₀	名 他Ⅲ 請求，要求
1820 ぜいきん **税金**₀	名 税金
1821 せいけつ **清潔**₀	名 ナ形 清潔，潔淨；廉潔 ⇔ ふけつ 不潔
1822 せいげん **制限**₃	名 他Ⅲ 限制
1823 せいこう **成功**₀	名 自Ⅲ 成功；功成名就 ⇔ ³しっぱい 失敗
1824 せいさく **製作**₀	名 他Ⅲ 製作 → せいぞう 製造

1825 せいさく **制作** 0	名 他Ⅲ 製作，創作 （藝術作品）
1826 せいしき **正式** 0	名 ナ形 正式
1827 せいしつ **性質** 0	名 性格，性情；性質，特性
1828 せいしょ **清書** 0	名 他Ⅲ 謄清，謄寫
1829 せいしょうねん **青少年** 3	名 青少年
1830 せいしん **精神** 1	名 精神
1831 せいじん **成人** 0	名 成年人 自Ⅲ 長大成人
1832 せいすう **整数** 3	名 （數學）整数 ∞ ぶんすう しょうすう 分数、小数
1833 せいぜい **精々** 1	副 盡全力；頂多
1834 せいせき **成績** 0	名 成績

せ

201

1835 せいそう **清掃** 0	名 他Ⅲ 清掃，打掃
1836 せいぞう **製造** 0	名 他Ⅲ 製造 →せいさく 製作
1837 せいぞん **生存** 0	名 自Ⅲ 生存
1838 ぜいたく **贅沢** 3,4	名 ナ形 奢侈；過分
1839 せいちょう **成長** 0	名 自Ⅲ（人、動物、事物） 成長
1840 せいちょう **生長** 0	名 自Ⅲ（植物）成長
1841 せいど **制度** 1	名 制度
1842 せいとう **政党** 0	名 政黨
1843 せいねん **青年** 0	名 青年
1844 せいねんがっぴ **生年月日** 5	名 出生年月日

せ

1845 せいのう **性能** 0	名 (機械等的)性能
1846 せいび **整備** 1	名 他Ⅲ 保養，維修；備妥
1847 せいひん **製品** 0	名 製品，成品
1848 せいふ **政府** 1	名 政府
1849 せいぶつ **生物** 1	名 生物
1850 せいぶん **成分** 1	名 成分
1851 せいべつ **性別** 0	名 性別
1852 せいほうけい **正方形** 3,0	名 正方形
1853 せいめい **生命** 1	名 生命；最重要之物
1854 せいもん **正門** 0	名 正門

せ

せ

*1*855	せいり **整理** 1	名 他Ⅲ 整理，整頓
*1*856	せいりつ **成立** 0	名 自Ⅲ 成立，完成
*1*857	せいれき **西暦** 0	名 西暦
*1*858	せ お **背負う** 2	他Ⅰ 揹；擔負
*1*859	せき **咳** 2	名 咳嗽
*1*860	～**隻**	助数 （大型船隻）～艘 →～そう

いっせき 一隻 4	ろくせき 六隻 2
に せき 二隻 1	ななせき 七隻 2
さんせき 三隻 1	はっせき 八隻 4
よんせき 四隻 1	きゅうせき 九隻 1
ごせき 五隻 1	じゅっせき　じっせき 十隻 4／十隻 4

*1*861	せきたん **石炭** 3	名 煤，煤炭

1862 せきどう **赤道** ₀	名 赤道	
1863 せきにん **責任** ₀	名 責任	
1864 せきゆ **石油** ₀	名 石油	
1865 せけん **世間** ₁	名 世上，社會；交際範圍	
1866 せつ **説** ₁,₀	名 意見，主張；學說	
1867 せっかく **折角** ₀	副 特意地；難得	
1868 せっきょくてき **積極的** ₀	ナ形 積極的	しょうきょくてき ⇔ 消極的
1869 せっきん **接近** ₀	名 自Ⅲ 接近	
1870 せっけい **設計** ₀	名 他Ⅲ 設計；規劃	
1871 せつ **接する** ₀,₃	自Ⅲ 鄰接；接觸，對待	

せ

せ

*1*872 **せっせと**₁	副 一個勁兒地，拼命地
*1*873 <ruby>接続<rt>せつぞく</rt></ruby>₀	名 自他Ⅲ 連接，銜接
*1*874 <ruby>絶対<rt>ぜったい</rt></ruby>₀	名 絕對 ☆「<ruby>絶対<rt>ぜったい</rt></ruby>の<ruby>自信<rt>じしん</rt></ruby>を<ruby>持<rt>も</rt></ruby>つ」
*1*875 <ruby>絶対<rt>ぜったい</rt></ruby>(に)₀	副 絕對 ☆「<ruby>絶対<rt>ぜったい</rt></ruby><ruby>行<rt>い</rt></ruby>かない」
*1*876 **セット**₁	名 (器具等)組，套 《set》 他Ⅲ 裝配，調整
*1*877 <ruby>設備<rt>せつび</rt></ruby>₁	名 他Ⅲ 設備，設置
*1*878 <ruby>絶滅<rt>ぜつめつ</rt></ruby>₀	名 自他Ⅲ 滅絕，消滅
*1*879 <ruby>節約<rt>せつやく</rt></ruby>₀	名 他Ⅲ 節約，節省
*1*880 <ruby>瀬戸物<rt>せともの</rt></ruby>₀	名 陶瓷器
*1*881 <ruby>是非<rt>ぜひ</rt></ruby>とも₁,₀	副 務必，無論如何

1882 せま **迫る** 2	自I 逼近，迫近 他I 強迫
1883 **ゼミ** 1	名 (大學)研究班；研討會 《德 Seminar》
1884 **せめて** 1	副 至少，最起碼 ☆「せめて８０点はとりたい」
1885 せ **攻める** 2	他II 攻打，進攻 ⇔ ふせ まも 防ぐ、守る
1886 せ **責める** 2	他II 責怪；逼，央求
1887 **セメント** 0	名 水泥　　　　　　《cement》
1888 せりふ **台詞** 0,2	名 台詞；說法，說詞
1889 せん **栓** 1	名 栓，塞；(瓦斯等)開關
1890 せん **～船** 0	接尾 ～船　　ゆ そうせん ☆「輸送船」
1891 せん **～戰**	接尾 ～戰，～賽 ☆「優勝戰」 ゆうしょうせん

せ

せ

*1*892 <ruby>善<rt>ぜん</rt></ruby>₁	名 善，好
*1*893 <ruby>全<rt>ぜん</rt></ruby>〜	接頭 全〜 ☆「<ruby>全世界<rt>ぜん せ かい</rt></ruby>」
*1*894 <ruby>前<rt>ぜん</rt></ruby>〜₁	接頭 前〜，上一〜 ☆「<ruby>前期<rt>ぜん き</rt></ruby>」、「<ruby>前代<rt>ぜんだい</rt></ruby>」
*1*895 〜<ruby>前<rt>ぜん</rt></ruby>	接尾 〜前 ☆「<ruby>戦争前<rt>せんそうぜん</rt></ruby>」
*1*896 <ruby>全員<rt>ぜんいん</rt></ruby>₀	名 全員，全體人員
*1*897 <ruby>選挙<rt>せんきょ</rt></ruby>₁	名 他Ⅲ 選舉
*1*898 <ruby>前後<rt>ぜんご</rt></ruby>₁	名 前後 自Ⅲ 順序顛倒
*1*899 <ruby>専攻<rt>せんこう</rt></ruby>₀	名 他Ⅲ 專攻
*1*900 <ruby>全国<rt>ぜんこく</rt></ruby>₁	名 全國
*1*901 <ruby>洗剤<rt>せんざい</rt></ruby>₀	名 洗潔劑，清潔劑

1902 先日 0 せんじつ	名 前些日子，前幾天
1903 前者 1 ぜんしゃ	名 前者　　　　　⇔ 後者 こうしゃ
1904 選手 1 せんしゅ	名 選手
1905 全集 0 ぜんしゅう	名 全集
1906 全身 0 ぜんしん	名 全身，渾身
1907 前進 0 ぜんしん	名 自Ⅲ 前進
1908 扇子 0 せんす	名 扇子，折扇
1909 専制 0 せんせい	名 專制
1910 先々月 3,0 せんせんげつ	名 上上月
1911 先々週 0,3 せんせんしゅう	名 上上週

せ

せ

*I*912 <ruby>先祖<rt>せんぞ</rt></ruby>₁	名 始祖;祖先	→<ruby>祖先<rt>そ せん</rt></ruby> ⇔<ruby>子孫<rt>し そん</rt></ruby>
*I*913 センター₁	名 中心	《center》
*I*914 <ruby>全体<rt>ぜんたい</rt></ruby>₀	名 全體	⇔<ruby>部分<rt>ぶ ぶん</rt></ruby>、<ruby>一部<rt>いち ぶ</rt></ruby>
*I*915 <ruby>選択<rt>せんたく</rt></ruby>₀	名 他Ⅲ 選擇,挑選	
*I*916 <ruby>先端<rt>せんたん</rt></ruby>₀	名 尖,頂端;尖端,最先進	
*I*917 センチ₁/ センチメートル₄	名 釐米,公分 《法 centi/centimètre》	
*I*918 <ruby>宣伝<rt>せんでん</rt></ruby>₀	名 自他Ⅲ 宣傳;吹噓,張揚	
*I*919 <ruby>先頭<rt>せんとう</rt></ruby>₀	名 最前頭	
*I*920 <ruby>全般<rt>ぜんぱん</rt></ruby>₀	名 全體,整體	
*I*921 <ruby>扇風機<rt>せんぷうき</rt></ruby>₃	名 電風扇	

*1*922 <ruby>洗面<rt>せんめん</rt></ruby>₀	名 自Ⅲ	洗臉
*1*923 <ruby>全力<rt>ぜんりょく</rt></ruby>₀	名	全力
*1*924 <ruby>線路<rt>せんろ</rt></ruby>₁	名	鐵軌

せ

さしすせ **そ**

*1*925	～<ruby>沿<rt>ぞ</rt></ruby>い	接尾	沿著～ ☆「<ruby>海岸<rt>かいがん</rt></ruby><ruby>沿<rt>ぞ</rt></ruby>い」、「<ruby>線路<rt>せんろ</rt></ruby><ruby>沿<rt>ぞ</rt></ruby>い」
*1*926	<ruby>沿<rt>そ</rt></ruby>う 0,1	自Ⅰ	沿，順；按照
*1*927	<ruby>添<rt>そ</rt></ruby>う 0,1	自Ⅰ	陪同，伴隨； 符合，合乎
*1*928	<ruby>総<rt>そう</rt></ruby>～	接頭	總～ ☆「<ruby>総人口<rt>そうじんこう</rt></ruby>」、「<ruby>総医療費<rt>そういりょうひ</rt></ruby>」
*1*929	～<ruby>艘<rt>そう</rt></ruby>	助数	(小型船隻)～艘 →～<ruby>隻<rt>せき</rt></ruby>

<ruby>一艘<rt>いっそう</rt></ruby> 1	<ruby>六艘<rt>ろくそう</rt></ruby> 2,3
<ruby>二艘<rt>にそう</rt></ruby> 1	<ruby>七艘<rt>ななそう</rt></ruby> 2
<ruby>三艘<rt>さんそう</rt></ruby> 1	<ruby>八艘<rt>はっそう</rt></ruby> 1
<ruby>四艘<rt>よんそう</rt></ruby> 1	<ruby>九艘<rt>きゅうそう</rt></ruby> 1
<ruby>五艘<rt>ごそう</rt></ruby> 0,1	<ruby>十艘<rt>じゅっそう</rt></ruby> 1／<ruby>十艘<rt>じっそう</rt></ruby> 1

1930 ぞう **象** 1	名 象
1931 ぞう **像** 1	名 像，雕像；影像
1932 そう い **相違** 0	名 自Ⅲ 差異，不同
1933 そういえば 4	連語 那麼說來
1934 そうおん **騒音** 0	名 噪音
1935 ぞう か **増加** 0	名 自他Ⅲ 增加
1936 ぞうきん **雑巾** 0	名 抹布
1937 ぞうげん **増減** 0	名 自他Ⅲ 增減
1938 そう こ **倉庫** 1	名 倉庫
1939 そう ご **相互** 1	名 相互，互相

そ

そ

1940 そうさ 操作 ₁	名 他Ⅲ 操作，操縱
1941 そうさく 創作 ₀	名 他Ⅲ 創造；(文藝)創作
1942 そうしき 葬式 ₀	名 葬禮
1943 ぞうせん 造船 ₀	名 自Ⅲ 造船
1944 そうぞう 想像 ₀	名 他Ⅲ 想像
1945 そうぞう 騒々しい ₅	イ形 嘈雜的，喧囂的
1946 そうぞく 相続 ₀,₁	名 他Ⅲ 繼承
1947 ぞうだい 増大 ₀	名 自他Ⅲ 增大，增多
1948 そうち 装置 ₁	名 他Ⅲ 裝置，裝備
1949 そうっと ₀	副 自Ⅲ 悄悄地；偷偷地； 不去碰它 →そっと

_{そうとう} **1950 相当** ₀	名 自Ⅲ 相當，相等；適合 ナ形 副 相當，很　→かなり
_{そうべつ} **1951 送別** ₀	名 自他Ⅲ 送別，送行
_{ぞうり} **1952 草履** ₀	名 草鞋，夾腳鞋
_{そうりだいじん} **1953 総理大臣** ₄	名 總理大臣，首相　→_{しゅしょう}首相
_{そうりょう} **1954 送料** ₁,₃	名 運費
1955 ～足 _{そく}	助数 (鞋、襪)～雙

_{いっそく} 一足 ₄	_{ろくそく} 六足 ₄
_{に そく} 二足 ₁	_{ななそく} 七足 ₂
_{さんぞく} 三足 ₁	_{はっそく} 八足 ₄
_{よんそく} 四足 ₁	_{きゅうそく} 九足 ₁
_{ご そく} 五足 ₁	_{じゅっそく} _{じっそく} 十足 ₄／十足 ₄

_{ぞく} **1956 属する** ₃	自Ⅲ 隸屬；屬於 ☆「_{じんじ か}人事課に_{ぞく}属する」

そ

1957 そくぞく **続々** 0,1	副 連續不斷
1958 そくたつ **速達** 0	名 自他Ⅲ 快速遞送； 限時專送
1959 そくてい **測定** 0	名 他Ⅲ 測定，測量
1960 そく ど **速度** 1	名 速度
1961 そくりょう **測量** 0,2	名 他Ⅲ 測量(土地等)，丈量
1962 そくりょく **速力** 2	名 速率
1963 そこ **底** 0	名 底；極限；深處
1964 **そこで** 0	接続 因此，於是
1965 そしき **組織** 1	名 他Ⅲ 組織
1966 そしつ **素質** 0	名 本質，本性；資質

そ

1967 そせん 祖先 ₁	名 祖宗，祖先	→先祖 ⇔子孫
1968 そそ 注ぐ ₀	他Ⅰ 注入；澆；傾注 自Ⅰ 流入	
1969 そそっかしい ₅	イ形 冒失的，輕率的	
1970 そだ 育つ ₂	自Ⅰ 發育，成長 ∞³育てる	
1971 そっくり ₃	ナ形 一模一樣的	
1972 そっちょく 率直 ₀	名 ナ形 坦率，直爽	
1973 そっと ₀	副 自Ⅲ 悄悄地；偷偷地； 不去碰它 →そうっと	
1974 そで 袖 ₀	名 袖子	
1975 そな そな 備える／具える ₃,₂	他Ⅱ 準備；防備；設置； 具備	
1976 その上 ₀うえ	接続 而且，並且	

そ

1977 その内。 <small>うち</small>	副 不久，過些日子
1978 その頃₃ <small>ころ</small>	名 那時
1979 そのため。	接続 因此，所以
1980 その外₂ <small>ほか</small>	名 其他，另外
1981 そのまま。	副 照原樣，原封不動
1982 蕎麦₁ <small>そば</small>	名 蕎麥；蕎麥麵條
1983 ソファー₁	名 沙發　　　　　　《sofa》
1984 粗末₁ <small>そまつ</small>	名 ナ形 粗糙，不精緻；怠慢
1985 剃る₁ <small>そ</small>	他I 剃，刮
1986 それ₁	感 (喚起對方注意)喂

そ

1987 **それぞれ** 2,3	名副 各自	→各々 ^{おのおの}
1988 **それでも** 3	接続 儘管如此，可是	
1989 **それと** 0	接続 還有，而且	
1990 **それとも** 3	接続 或者，還是	
1991 **それなのに** 3	接続 儘管那樣，可是	
1992 **それなら** 3	接続 那樣的話	
1993 ^そ**逸れる** 2	自II (方向、話題等)偏離	
1994 ^{そろ}**揃う** 2	自I 相同，一致；整齊；齊備	∞ そろえる
1995 ^{そろ}**揃える** 3	他II 使一致；使整齊；使齊備	∞ そろう
1996 ^{そろばん}**算盤** 0	名 算盤	

そ

*1*997 <ruby>損<rt>そん</rt></ruby>₁	名 ナ形 損失，吃虧 ⇔<ruby>得<rt>とく</rt></ruby>
*1*998 <ruby>損害<rt>そんがい</rt></ruby>₀	名 他Ⅲ 損害
*1*999 <ruby>尊敬<rt>そんけい</rt></ruby>₀	名 他Ⅲ 尊敬
*2*000 <ruby>存在<rt>そんざい</rt></ruby>₀	名 自Ⅲ 存在
*2*001 <ruby>存じる<rt>ぞん</rt></ruby>/<ruby>存ずる<rt>ぞん</rt></ruby>₃,₀	自Ⅱ 自Ⅲ 〔謙讓語〕認為；知道 →³<ruby>思う<rt>おも</rt></ruby>、⁴<ruby>知る<rt>し</rt></ruby>
*2*002 <ruby>尊重<rt>そんちょう</rt></ruby>₀	名 他Ⅲ 尊重
*2*003 <ruby>損得<rt>そんとく</rt></ruby>₁	名 損益，得失

た ちってと

2004 た 田₁／た 田んぼ。	名 稲田，田地
2005 た 他₁	名 其他；他人；別處
2006 たい 対₁	名 對，對抗；（比例）比 ☆「赤組対白組」
2007 だい 大₁	名 大　　　　　　　　⇔小
2008 だい 台₁	名 檯，架；底座
2009 だい 題₁	名 標題，題目
2010 だい 第〜₁	接頭 第〜　　☆「第一課」
2011 たいいく 体育₁	名 體育

2012 **だいいち**₁	副（別的不說）首先	
2013 <ruby>体温<rt>たいおん</rt></ruby>₁,₀	名 體溫	
2014 <ruby>大会<rt>たいかい</rt></ruby>₀	名 大會	
2015 <ruby>大学院<rt>だいがくいん</rt></ruby>₄	名 大學研究所	
2016 <ruby>大気<rt>たいき</rt></ruby>₁	名 大氣，空氣	
2017 <ruby>代金<rt>だいきん</rt></ruby>₀,₁	名 貨款	
2018 <ruby>大工<rt>だいく</rt></ruby>₁	名 木工，木匠	
2019 <ruby>退屈<rt>たいくつ</rt></ruby>₀	名 ナ形 無聊，乏味 自Ⅲ 厭倦　　☆「<ruby>退屈<rt>たいくつ</rt></ruby>な<ruby>一日<rt>いちにち</rt></ruby>」	
2020 <ruby>体系<rt>たいけい</rt></ruby>₀	名 體系，系統	
2021 <ruby>太鼓<rt>たいこ</rt></ruby>₀	名 （日本）太鼓	

2022 <ruby>滞在<rt>たいざい</rt></ruby>₀	名 自Ⅲ 停留,旅居
2023 <ruby>対策<rt>たいさく</rt></ruby>₀	名 對策
2024 <ruby>大使<rt>たいし</rt></ruby>₁	名 大使
2025 <ruby>大<rt>たい</rt></ruby>した₁	連体 非常的,驚人的; 　　(後接否定)沒什麼～
2026 <ruby>大<rt>たい</rt></ruby>して₁	副 (後接否定)並(不)那麼～
2027 <ruby>体重<rt>たいじゅう</rt></ruby>₀	名 體重
2028 <ruby>対象<rt>たいしょう</rt></ruby>₀	名 對象
2029 <ruby>対照<rt>たいしょう</rt></ruby>₀	名 他Ⅲ 對照;對比
2030 <ruby>大小<rt>だいしょう</rt></ruby>₁	名 大小
2031 <ruby>大臣<rt>だいじん</rt></ruby>₁	名 (日本內閣部會首長) 　　大臣

た

2032 <ruby>対<rt>たい</rt></ruby>する 3	自Ⅲ 對於;對待;對照
2033 <ruby>体制<rt>たいせい</rt></ruby> 0	名 體制,體系
2034 <ruby>体積<rt>たいせき</rt></ruby> 1	名 體積 → <ruby>容積<rt>ようせき</rt></ruby>
2035 <ruby>大戦<rt>たいせん</rt></ruby> 0	名 大戰;世界大戰
2036 <ruby>大層<rt>たいそう</rt></ruby> 1	ナ形 (規模、程度)大的 副 很,非常
2037 <ruby>体操<rt>たいそう</rt></ruby> 0	名 體操
2038 <ruby>態度<rt>たいど</rt></ruby> 1	名 態度
2039 <ruby>大統領<rt>だいとうりょう</rt></ruby> 3	名 總統
2040 <ruby>大半<rt>たいはん</rt></ruby> 0,3	名 大半,大部分 → <ruby>大部分<rt>だいぶぶん</rt></ruby>
2041 <ruby>代表<rt>だいひょう</rt></ruby> 0	名 他Ⅲ 代表

た

2042 <ruby>大分<rt>だいぶ</rt></ruby>／<ruby>大分<rt>だいぶん</rt></ruby>。	副 很，甚，極	
2043 <ruby>大部分<rt>だいぶぶん</rt></ruby>₃	名 大部分	→大半<rt>たいはん</rt>
2044 タイプライター₄	名 打字機	《typewriter》
2045 <ruby>逮捕<rt>たいほ</rt></ruby>₁	名 他III 逮捕	
2046 <ruby>大木<rt>たいぼく</rt></ruby>。	名 大樹	
2047 <ruby>題名<rt>だいめい</rt></ruby>。	名 (書、詩文等的)名稱	
2048 <ruby>代名詞<rt>だいめいし</rt></ruby>₃	名 代名詞	
2049 タイヤ。	名 輪胎	《tire》
2050 ダイヤ₁,₀	名 列車時刻表	《diagram》
2051 ダイヤ₁,₀／ダイヤモンド₄	名 鑽石；(撲克牌)方塊	《diamond》

た

た

2052 **ダイヤル**。	名 自Ⅲ 撥電話　　　《dial》 名 撥盤；(收音機等)刻度表
2053 <ruby>太陽<rt>たいよう</rt></ruby>₁	名 太陽
2054 <ruby>平<rt>たい</rt></ruby>ら。	ナ形 平坦的
2055 <ruby>代理<rt>だいり</rt></ruby>。	名 他Ⅲ 代理，代理人
2056 <ruby>大陸<rt>たいりく</rt></ruby>。	名 大陸
2057 <ruby>対立<rt>たいりつ</rt></ruby>。	名 自他Ⅲ 對立，對峙
2058 <ruby>田植<rt>たう</rt></ruby>え₃	名 插秧
2059 <ruby>絶<rt>た</rt></ruby>えず₁	副 不斷地
2060 <ruby>楕円<rt>だえん</rt></ruby>。	名 橢圓
2061 <ruby>倒<rt>たお</rt></ruby>す₂	他Ⅰ 弄倒；打倒　∞³<ruby>倒<rt>たお</rt></ruby>れる

2062 **タオル** 1	名 毛巾		《towel》
2063 **だが** 1	接続 但是，可是		
2064 **互い** 0 たが	名 互相，彼此		
2065 **高める** 3 たか	他II 提高		
2066 **耕す** 3 たがや	他I 耕作		
2067 **宝** 3 たから	名 寶物，寶貝		
2068 **滝** 0 たき	名 瀑布		
2069 **宅** 0 たく	名 家，住宅		
2070 **炊く** 0 た	他I 炊	☆「ごはんを炊く」	
2071 **焚く** 0 た	他I 燒，焚		

2072 <ruby>抱<rt>だ</rt></ruby>く。	他Ⅰ 抱，摟
2073 <ruby>蓄<rt>たくわ</rt></ruby>える 4,3	他Ⅱ 儲存，累積； 留長(髮、鬍)
2074 <ruby>竹<rt>たけ</rt></ruby>。	名 竹
2075 だけど 1	接続 然而，可是
2076 たしか 1	副 (若沒記錯)確實 ★「たしか<ruby>３年前<rt>さんねんまえ</rt></ruby>だった」
2077 <ruby>確<rt>たし</rt></ruby>かめる 4	他Ⅱ 弄清楚，查明
2078 <ruby>多少<rt>たしょう</rt></ruby>。	名副 多少，稍微
2079 <ruby>助<rt>たす</rt></ruby>かる 3	自Ⅰ 得救，脫險；得到幫助 ∞ <ruby>助<rt>たす</rt></ruby>ける
2080 <ruby>助<rt>たす</rt></ruby>ける 3	他Ⅱ 救助；幫助 ∞ <ruby>助<rt>たす</rt></ruby>かる
2081 ただ 1	名 免費；普通，平凡 → <ruby>無料<rt>むりょう</rt></ruby>

た

2082 <ruby>只<rt>ただ</rt></ruby>／<ruby>唯<rt>ただ</rt></ruby>₁	副 只，唯，僅	→たった
2083 <ruby>戦<rt>たたか</rt></ruby>い₀	名 戰鬥；競賽	
2084 <ruby>戦<rt>たたか</rt></ruby>う₀	自I 戰鬥，打仗； 競爭，比賽	
2085 <ruby>叩<rt>たた</rt></ruby>く₂	他I 拍，敲打；攻訐	
2086 <ruby>但<rt>ただ</rt></ruby>し₁	接続 但是	
2087 <ruby>直<rt>ただ</rt></ruby>ちに₁	副 立即，立刻	
2088 <ruby>畳<rt>たた</rt></ruby>む₀	他I 摺疊；合上(傘) ☆「<ruby>布団<rt>ふとん</rt></ruby>を<ruby>畳<rt>たた</rt></ruby>む」	
2089 <ruby>立<rt>た</rt></ruby>ち<ruby>上<rt>あ</rt></ruby>がる₀,₄	自I 站起來；振作 開始(行動)	
2090 <ruby>立<rt>た</rt></ruby>ち<ruby>止<rt>ど</rt></ruby>まる₀,₄	自I 止步，站住	
2091 <ruby>立場<rt>たちば</rt></ruby>₃,₁	名 處境；立場，觀點	

た

2092 <ruby>忽<rt>たちま</rt></ruby>ち。	副 轉眼間；忽然
2093 <ruby>建<rt>た</rt></ruby>つ₁	自I 建造　　　　∞ ³<ruby>建<rt>た</rt></ruby>てる
2094 <ruby>発<rt>た</rt></ruby>つ₁	自I 出發
2095 <ruby>経<rt>た</rt></ruby>つ₁	自I （時間）經過
2096 <ruby>達<rt>たっ</rt></ruby>する。	自Ⅲ 抵達；達到 他Ⅲ 達成
2097 <ruby>脱線<rt>だっせん</rt></ruby>。	名 自Ⅲ （火車、言行）脫軌
2098 <ruby>唯<rt>たった</rt></ruby>。	副 只，僅　　　　→ただ
2099 だって₁	助 即使是，就連 ☆「<ruby>子供<rt>こども</rt></ruby>だってできるよ」
2100 たっぷり₃	副 充分，十足
2101 <ruby>妥当<rt>だとう</rt></ruby>。	名 自Ⅲ ナ形 妥當，妥善

2102 仮令 たとえ 0,2	副 即使，縦然
2103 例える たと 3	他Ⅱ 比喩
2104 谷 たに 2	名 山谷，河谷
2105 他人 たにん 0	名 他人；外人；局外人 ⇔ 4自分 じぶん
2106 種 たね 1	名 種子；原因；題材
2107 頼み たの 3	名 請求，拜託
2108 頼もしい たの 4	イ形 靠得住的；前景看好的
2109 束 たば 1	名 束，捆，把
2110 足袋 た び 1	名 (日式)布襪
2111 度 たび 2	名 時，時候；回，次

た

た

2112 <ruby>旅<rt>たび</rt></ruby> 2	名 旅行
2113 <ruby>度々<rt>たびたび</rt></ruby> 0	副 屢次，再三
2114 ダブる 2	自 I 重複，重疊 《日 double+る》
2115 <ruby>玉<rt>たま</rt></ruby> 2	名 玉石；球形物
2116 <ruby>球<rt>たま</rt></ruby> 2	名 球；燈泡
2117 <ruby>弾<rt>たま</rt></ruby> 2	名 子彈
2118 <ruby>偶<rt>たま</rt></ruby> 0	名 偶爾，不常
2119 <ruby>騙<rt>だま</rt></ruby>す 2	他 I 騙；哄
2120 <ruby>偶々<rt>たまたま</rt></ruby> 0	副 碰巧；偶爾，有時 →偶然<rt>ぐうぜん</rt>
2121 <ruby>堪<rt>たま</rt></ruby>らない 0	連語 受不了

2122 溜まる。 <ruby>溜<rt>た</rt></ruby>まる。	自Ⅰ 積存	∞ためる
2123 黙る。 <ruby>黙<rt>だま</rt></ruby>る₂	自Ⅰ 不作聲，不說話	
2124 ダム₁	名 水壩，水庫	《dam》
2125 溜息₃ <ruby>溜息<rt>ためいき</rt></ruby>₃	名 嘆氣，長嘆	
2126 試し₃ <ruby>試<rt>ため</rt></ruby>し₃	名 嘗試	
2127 試す₂ <ruby>試<rt>ため</rt></ruby>す₂	他Ⅰ 試，試驗	
2128 ためらう₃	自他Ⅰ 躊躇，猶豫	
2129 溜める。 <ruby>溜<rt>た</rt></ruby>める。	他Ⅱ 積，存；積壓 ∞たまる	
2130 便り₁ <ruby>便<rt>たよ</rt></ruby>り₁	名 信；消息，音信	
2131 頼る₂ <ruby>頼<rt>たよ</rt></ruby>る₂	自Ⅰ 依靠，依賴	

た

2132 **〜だらけ**	接尾 滿是〜，盡是〜 ☆「泥_{どろ}だらけ」
2133 **だらしない**₄	イ形 邋裡邋遢的；散漫的
2134 **足_たる**₀	自I 足夠；值得　→³足_たりる
2135 **短_{たん}〜**	接頭 短〜　☆「短_{たん}期_き間_{かん}」 ⇔長_{ちょう}〜
2136 **段_{だん}**₁	名 階梯；段落；等級
2137 **〜団_{だん}**	接尾 〜團，〜團體 ☆「少_{しょう}年_{ねん}団_{だん}」、「医_い師_し団_{だん}」
2138 **単_{たん}位_い**₁	名 單位；學分
2139 **段_{だん}階_{かい}**₀	名 階段；等級
2140 **短_{たん}期_き**₁	名 短期　⇔長_{ちょう}期_き
2141 **単_{たん}語_ご**₀	名 單字

た

2142 炭鉱₀ たんこう	名 煤礦
2143 男子₁ だんし	名 男孩；(泛指)男性 ⇔女子
2144 単純₀ たんじゅん	ナ形 單純的，簡單的 →³複雑
2145 短所₁ たんしょ	名 短處，缺點 →欠点、弱点 ⇔長所
2146 誕生₀ たんじょう	名 自Ⅲ 誕生
2147 箪笥₀ たんす	名 衣櫥，衣櫃
2148 ダンス₁	名 自Ⅲ (西式)跳舞，舞蹈 《dance》
2149 淡水₀ たんすい	名 淡水
2150 断水₀ だんすい	名 自他Ⅲ 斷水，停水
2151 単数₃ たんすう	名 單數 ⇔複数

2152 <ruby>団体<rt>だんたい</rt></ruby>。	名 團體，集體　　　→<ruby>集団<rt>しゅうだん</rt></ruby>
2153 <ruby>団地<rt>だんち</rt></ruby>。	名 住宅區
2154 <ruby>断定<rt>だんてい</rt></ruby>。	名 他Ⅲ 斷定，判斷
2155 <ruby>担当<rt>たんとう</rt></ruby>。	名 他Ⅲ 擔當，擔任
2156 <ruby>単<rt>たん</rt></ruby>なる₁	連体 僅是，只不過是
2157 <ruby>単<rt>たん</rt></ruby>に₁	副 僅，只，單 ☆「<ruby>単<rt>たん</rt></ruby>に<ruby>事実<rt>じじつ</rt></ruby>を<ruby>述<rt>の</rt></ruby>べただけだ」
2158 <ruby>短編<rt>たんぺん</rt></ruby>。	名 (小說、電影等)短篇作品

た

2159 ^ち**地**₁	名 地，大地
2160 ^{ち い}**地位**₁	名 地位
2161 ^{ち いき}**地域**₁	名 地域，地區 →^{ち く}地区
2162 **チーズ**₁	名 乳酪，起司 《cheese》
2163 **チーム**₁	名（工作、競賽）團隊 《team》
2164 ^{ち え}**知恵**₂	名 智慧 ☆「^{ち え}知恵がつく」
2165 ^{ち か}**地下**₁,₂	名 地下；非法，秘密
2166 ^{ちが}**違い**₀	名 差別；錯誤

2167 ちが **違いない** ₄	連語 一定是，一定會
2168 ちか **誓う** ₂,₀	他Ⅰ 發誓
2169 ちかごろ **近頃** ₂	名 近來，這些日子
2170 ち かすい **地下水** ₂	名 地下水
2171 ちかちか **近々** ₀,₂	副 不久，近期內
2172 ちかづ **近付く** ₃	自Ⅰ （距離、時間）接近；親近 ∞ ちかづ 近付ける
2173 ちかづ **近付ける** ₄	他Ⅱ 使靠近；使親近 ∞ ちかづ 近付く
2174 ちかよ **近寄る** ₃,₀	自Ⅰ 靠近；親近
2175 ちからづよ **力強い** ₅	イ形 強而有力的；有信心的
2176 ち きゅう **地球** ₀	名 地球

ち

2177 <ruby>千切る<rt>ち ぎ</rt></ruby> 2	他Ⅰ 撕碎；扯下，揪下
2178 <ruby>地区<rt>ち く</rt></ruby> 1,2	名 地區 →<ruby>地域<rt>ち いき</rt></ruby>
2179 <ruby>遅刻<rt>ち こく</rt></ruby> 0	名 自Ⅲ 遲到
2180 <ruby>知事<rt>ち じ</rt></ruby> 1	名（日本都道府縣首長）知事
2181 <ruby>知識<rt>ち しき</rt></ruby> 1	名 知識
2182 <ruby>地質<rt>ち しつ</rt></ruby> 0	名 地質
2183 <ruby>知人<rt>ち じん</rt></ruby> 0,1	名 相識的人，熟人
2184 <ruby>地帯<rt>ち たい</rt></ruby> 1,2,0	名 地帶
2185 <ruby>父親<rt>ちちおや</rt></ruby> 0	名 父親 ⇔<ruby>母親<rt>ははおや</rt></ruby>
2186 <ruby>縮む<rt>ち ぢ</rt></ruby> 0	自Ⅰ 縮小，縮短 ⇔<ruby>伸びる<rt>の</rt></ruby> ∞<ruby>縮める<rt>ち ぢ</rt></ruby>

ち

2187 ^{ちぢ}**縮める**。	他Ⅱ 縮小，縮短； ∞ ^{ちぢ}縮む 縮，蜷曲 ⇔ ^の伸ばす
2188 ^{ちぢ}**縮れる**。	自Ⅱ 起皺摺；捲曲
2189 **チップ**₁	名 小費 《tip》
2190 ^{ちてん}**地点**₁,₀,₂	名 地點
2191 ^{ちのう}**知能**₁	名 智能，智力
2192 ^{ちへいせん}**地平線**₀	名 地平線
2193 ^{ちほう}**地方**₂	名 地區； ⇔^{ちゅうおう}中央 （相對於中央政府）地方
2194 ^{ちめい}**地名**₀	名 地名
2195 ^{ちゃ}**茶**₀	名 茶樹；茶葉；茶道；茶色
2196 ^{ちゃいろ}**茶色い**₀	イ形 茶色的，褐色的

ち

2197 ~着 _{ちゃく}	接尾 (時間)~到達； (地點)抵達~ ⇔~発 _{はつ}
2198 ~着 _{ちゃく}	助数 (衣服)~套

一着4 _{いっちゃく}	六着4 _{ろくちゃく}
二着3 _{にちゃく}	七着2 _{ななちゃく}
三着1 _{さんちゃく}	八着4 _{はっちゃく}
四着1 _{よんちゃく}	九着1 _{きゅうちゃく}
五着3 _{ごちゃく}	十着4／十着4 _{じゅっちゃく じっちゃく}

2199 着々0 _{ちゃくちゃく}	副 逐步地	
2200 チャンス1	名 機會	《chance》
2201 ちゃんと0	副 規矩地；確實地	
2202 中1 _{ちゅう}	名 中 ∞上、下、大、小 _{じょう げ だい しょう}	
2203 注0 _{ちゅう}	名 注解，注釋	

ち

ち

2204 ちゅうおう **中央** 3,0	名 中央	⇔ ち ほう 地方
2205 ちゅうがく **中学** 1	名 〔略語〕中學	→ ちゅうがっこう ³中学校
2206 ちゅうかん **中間** 0	名 中間；折衷	
2207 ちゅうこ **中古** 1,0	名 中古，半新；中古時代	
2208 ちゅうしゃ **駐車** 0	名 自Ⅲ 停車	
2209 ちゅうじゅん **中旬** 0	名 中旬	じょうじゅん げじゅん ∞上旬、下旬
2210 ちゅうしょう **抽象** 0	名 他Ⅲ 抽象；使抽象化	くたい ⇔具体
2211 ちゅうしょく **昼食** 0	名 午餐	
2212 ちゅうしん **中心** 0	名 中心，正中間； 核心，重點	
2213 ちゅうせい **中世** 1	名 (歷史)中世	

2214 **中性**。 ちゅうせい	名 中性	∞酸性 さんせい
2215 **中途**。 ちゅうと	名 中途，半路	
2216 **中年**。 ちゅうねん	名 中年	
2217 **注目**。 ちゅうもく	名 自他Ⅲ 注目，注視	
2218 **注文**。 ちゅうもん	名 他Ⅲ 訂購；要求，希望	
2219 **長～** ちょう	接頭 長～	☆「長音」 ちょうおん ⇔短～ たん
2220 **～庁** ちょう	接尾 (行政機關)～廳	☆「文化庁」 ぶん か ちょう

ち

2221 ~兆 ちょう	助数 ~兆	☆「３０兆円」 さんじゅっちょうえん

いっちょう 一兆 3 にちょう 二兆 2 さんちょう 三兆 3 よんちょう 四兆 3 ごちょう 五兆 2	ろくちょう 六兆 3 ななちょう 七兆 3 はっちょう 八兆 3 きゅうちょう 九兆 3 じゅっちょう じっちょう 十兆 3／十兆 3

2222 ~長 ちょう	接尾 (領導，負責人)~長 えきちょう ☆「駅長」

2223 ~帳 0 ちょう	接尾 ~簿，~本 でんわちょう ☆「電話帳」、 にっきちょう 「日記帳」

2224 超過 0 ちょうか	名 他Ⅲ 超過

2225 朝刊 0 ちょうかん	名 日報，早報 ゆうかん ⇔ 夕刊

2226 長期 1 ちょうき	名 長期 たんき ⇔ 短期

2227 彫刻 0 ちょうこく	名 他Ⅲ 雕刻

2228 ちょうさ **調査** 1	名 他Ⅲ 調査
2229 ちょうし **調子** 0	名 音調；狀態，情況；語氣
2230 ちょうしょ **長所** 1	名 長處，優點　　⇔ たんしょ 短所
2231 ちょうじょ **長女** 1	名 長女　　⇔ ちょうなん 長男
2232 ちょうじょう **頂上** 3	名 山頂；極點，巔峰 　　　　　⇔ ふもと
2233 ちょうせい **調整** 0	名 他Ⅲ 調整
2234 ちょうせつ **調節** 0	名 他Ⅲ 調節
2235 ちょうだい **頂戴** 3	名 他Ⅲ〔謙讓說法〕領受； 　　吃，喝
2236 ちょうたん **長短** 1,0	名 長短，長度；優缺點
2237 ちょうてん **頂点** 1	名 頂點，最高處；極點

ち

2238 <ruby>長男<rt>ちょうなん</rt></ruby> 1,3	名 長男，長子	⇔<ruby>長女<rt>ちょうじょ</rt></ruby>
2239 <ruby>長方形<rt>ちょうほうけい</rt></ruby> 3,0	名 長方形	
2240 <ruby>調味料<rt>ちょうみりょう</rt></ruby> 3	名 調味料	
2241 ～<ruby>丁目<rt>ちょうめ</rt></ruby>	助数 (街道區畫單位) ～丁目，～段	

<ruby>一丁目<rt>いっちょうめ</rt></ruby>5	<ruby>六丁目<rt>ろくちょうめ</rt></ruby>5
<ruby>二丁目<rt>にちょうめ</rt></ruby>4	<ruby>七丁目<rt>ななちょうめ</rt></ruby>5
<ruby>三丁目<rt>さんちょうめ</rt></ruby>5	<ruby>八丁目<rt>はっちょうめ</rt></ruby>5
<ruby>四丁目<rt>よんちょうめ</rt></ruby>5	<ruby>九丁目<rt>きゅうちょうめ</rt></ruby>5
<ruby>五丁目<rt>ごちょうめ</rt></ruby>4	<ruby>十丁目<rt>じゅっちょうめ</rt></ruby>5／<ruby>十丁目<rt>じっちょうめ</rt></ruby>5

2242 チョーク 1	名 粉筆	《chalk》
2243 <ruby>貯金<rt>ちょきん</rt></ruby> 0	名 自他Ⅲ 存款，儲蓄	
2244 <ruby>直後<rt>ちょくご</rt></ruby> 1	名 (時間、空間) 緊接著～之後	⇔<ruby>直前<rt>ちょくぜん</rt></ruby>

2245 ちょくせつ **直接**。	名 ナ形 副 直接　　　　⇔ かんせつ 間接
2246 ちょくせん **直線**。	名 直線　　　　⇔ きょくせん 曲線
2247 ちょくぜん **直前**。	名 (時間、空間)〜之前 　　　⇔ ちょくご 直後
2248 ちょくつう **直通**。	名 自Ⅲ 直通，直達
2249 ちょくりゅう **直流**。	名 (河川等)直流
2250 ちょしゃ **著者**₁	名 著者，作者
2251 ちょぞう **貯蔵**。	名 他Ⅲ 貯藏
2252 ちょっかく **直角**。	名 直角
2253 ちょっけい **直径**。	名 直徑
2254 ち **散らかす**。	他Ⅰ 亂扔，弄亂　∞ ち 散らかる

ち

247

2255 ^ち**散らかる。**	自I 零亂，亂七八糟 ∞散らかす^ち
2256 ^ち**散らす。**	他I 使散開；使消腫 ∞散る^ち
2257 ^{ちりがみ}**塵紙。**	名 廁紙
2258 ^ち**散る。**	自I 凋謝；散開；渙散 ∞散らす^ち

たち つ てと

2259 つい₁	副 就，剛；不由得，不經意 ☆「ついさっき」
2260 ついか 追加₀	名 他Ⅲ 追加
2261 つい 序で₀	名 順便，趁機
2262 つい 遂に₁	副 終於；（後接否定）始終 （未）
2263 ～通 つう	助数（書信等）～封，～件

いっつう 一通₃	ろくつう 六通₃
に つう 二通₂	ななつう 七通₂
さんつう 三通₃	はっつう 八通₃
よんつう 四通₁	きゅうつう 九通₁
ご つう 五通₂	じゅっつう ／じっつう 十通₃ ／十通₃

2264 <ruby>通過<rt>つうか</rt></ruby>。	名 自Ⅲ 通過；(列車)不停
2265 <ruby>通貨<rt>つうか</rt></ruby>₁	名 通貨
2266 <ruby>通学<rt>つうがく</rt></ruby>。	名 自Ⅲ 通學
2267 <ruby>通勤<rt>つうきん</rt></ruby>。	名 自Ⅲ 通勤
2268 <ruby>通行<rt>つうこう</rt></ruby>。	名 自Ⅲ (人車)通行，往來
2269 <ruby>通<rt>つう</rt></ruby>じる/<ruby>通<rt>つう</rt></ruby>ずる。	自Ⅱ 自Ⅲ 通；通往；被理解；通曉，熟知
2270 <ruby>通信<rt>つうしん</rt></ruby>。	名 自Ⅲ 通信；通訊
2271 <ruby>通知<rt>つうち</rt></ruby>。	名 他Ⅲ 通知
2272 <ruby>通帳<rt>つうちょう</rt></ruby>。	名 存摺
2273 <ruby>通訳<rt>つうやく</rt></ruby>₁	名 自Ⅲ 通譯，口譯

つ

2274 <ruby>通用<rt>つうよう</rt></ruby>。	名 自Ⅲ 通用，通行
2275 <ruby>通路<rt>つうろ</rt></ruby>₁	名 通路，通道
2276 ~<ruby>遣<rt>づか</rt></ruby>い	接尾 使用~；~使用者 ☆「<ruby>言葉<rt>ことば</rt></ruby><ruby>遣<rt>づか</rt></ruby>い」、「<ruby>金<rt>かね</rt></ruby><ruby>遣<rt>づか</rt></ruby>い」
2277 <ruby>捕<rt>つか</rt></ruby>まる。	自Ⅰ 被抓，被捕獲 ∽³<ruby>捕<rt>つか</rt></ruby>まえる
2278 <ruby>掴<rt>つか</rt></ruby>む₂	他Ⅰ 抓；抓住，掌握
2279 <ruby>疲<rt>つか</rt></ruby>れ₃	名 疲勞
2280 ~<ruby>付<rt>つ</rt></ruby>き	接尾 附有~，附帶~ ☆「<ruby>食事<rt>しょくじ</rt></ruby><ruby>付<rt>つ</rt></ruby>き」
2281 <ruby>付<rt>つ</rt></ruby>き<ruby>合<rt>あ</rt></ruby>い₃,₀	名 來往，交際
2282 <ruby>付<rt>つ</rt></ruby>き<ruby>合<rt>あ</rt></ruby>う₃	自Ⅰ 來往，交際；陪，奉陪
2283 <ruby>突<rt>つ</rt></ruby>き<ruby>当<rt>あ</rt></ruby>たり。	名 (道路)盡頭

2284 **突き当たる**₄ _{つ あ}	自I 碰上，撞上；走到盡頭
2285 **次々(に)**₂ _{つぎつぎ}	副 陸續，一個接一個
2286 **月日**₂ _{つき ひ}	名 時光，歲月
2287 **付く**₁,₂ _つ	自I 黏上；染上；增添， 附加 ∞付ける
2288 **就く**₁,₂ _つ	自I 就，從事；師事，跟隨
2289 **突く**₀ _つ	他I 刺，戳；敲(鐘等)
2290 **次ぐ**₀ _つ	自I 緊接著；僅次於
2291 **注ぐ**₀ _つ	他I 斟，倒入
2292 **造る**₂ _{つく}	他I 建造；釀造
2293 **付ける**₂ _つ	他II 使附著；作記號； 附加 ∞付く

2294 着ける₂ つ	他Ⅱ 穿，戴；使到達 ∞⁴着く
2295 浸ける₀ つ	他Ⅱ 浸泡
2296 伝わる₀ つた	自Ⅰ 傳達；流傳；傳來 ∞³伝える
2297 土₂ つち	名 土，土壤
2298 続き₀ つづ	名 接續，銜接；後續
2299 ～続く つづ	繼續～，連續～ ☆「言い続く」
2300 突っ込む₃ つ こ	自Ⅰ 闖入；深入(話題中心) 他Ⅰ 插入，塞進；追問
2301 包み₃ つつ	名 包裹，包袱
2302 勤め₃ つと	名 工作
2303 務め₃ つと	名 義務，本分

2304 <ruby>務<rt>つと</rt></ruby>める₃	他Ⅱ 擔任
2305 <ruby>努<rt>つと</rt></ruby>める₃	他Ⅱ 努力，盡力
2306 <ruby>綱<rt>つな</rt></ruby>₂	名 繩索
2307 <ruby>繫<rt>つな</rt></ruby>がり₀	名 連接；關係
2308 <ruby>繫<rt>つな</rt></ruby>がる₀	自Ⅰ 連接；有關聯 ∞つなげる
2309 <ruby>繫<rt>つな</rt></ruby>ぐ₀	他Ⅰ 繫，栓；連接；延續
2310 <ruby>繫<rt>つな</rt></ruby>げる₀	他Ⅱ 連接 ∞つながる
2311 <ruby>常<rt>つね</rt></ruby>に₁	副 時常，經常
2312 <ruby>翼<rt>つばさ</rt></ruby>₀	名 翅膀；機翼
2313 <ruby>粒<rt>つぶ</rt></ruby>₁	名 顆粒

2314 つぶ **潰す**。	他I 壓壞，擠碎；消磨 ∞ つぶれる
2315 つぶ **潰れる**。	自II 弄壞；倒閉；(時間)浪費 ∞ つぶす
2316 つまず **躓く** 0,3	自I 絆倒；失敗
2317 つまり 1	副 總之
2318 つ **詰まる** 2	自I 塞滿；堵塞；縮短； 窘迫 ∞ 詰める
2319 つみ **罪** 1	名 罪，罪行
2320 つ **積む**。	他I 堆積；裝載；累積 ∞ 積もる
2321 つめ **爪**。	名 爪，指甲
2322 つ **詰める** 2	他II 塞入；縮短 ∞ 詰まる
2323 つ **積もる** 2,0	自I 堆積；累積 ∞ 積む

2324 <ruby>艶<rt>つや</rt></ruby>。	名 光澤；妙趣
2325 <ruby>梅雨<rt>つゆ</rt></ruby>。	名 梅雨；梅雨季
2326 <ruby>強気<rt>つよき</rt></ruby>0,3	名 ナ形 剛強，強硬
2327 <ruby>辛<rt>つら</rt></ruby>い。	イ形 難受的，痛苦的
2328 ～<ruby>辛<rt>づら</rt></ruby>い	接尾 難～，不便～ ☆「<ruby>話<rt>はな</rt></ruby>しづらい」
2329 <ruby>釣<rt>つ</rt></ruby>り。	名 釣魚
2330 <ruby>釣<rt>つ</rt></ruby>り。	名 找零的錢　★「<ruby>釣銭<rt>つりせん</rt></ruby>」 →³<ruby>お釣<rt>つ</rt></ruby>り
2331 <ruby>釣<rt>つ</rt></ruby>り<ruby>合<rt>あ</rt></ruby>う₃	自I 平衡；相配
2332 <ruby>吊<rt>つ</rt></ruby>る。	他I 吊，懸掛
2333 <ruby>吊<rt>つ</rt></ruby>るす。	他I (用細繩等)吊，掛

2334 連れ。 名 同伴

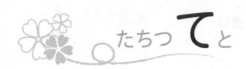

たちつ て と

2335 **で**₁	接続 (催促對方發話)然後呢； 〔口語〕於是	
2336 ^{で あ} **出会い／出合い**₀	名 邂逅，相逢	
2337 ^{で あ} ^{で あ} **出会う／出合う**₂,₀	自Ⅰ 相遇，碰見	
2338 ^{て あら} **手洗い**₂	名 洗手；洗手盆；洗手水	
2339 ^{てい} **低～**	接頭 低～	☆「低気圧」 ⇔ ^{こう}高～
2340 ^{ていあん} **提案**₀	名 他Ⅲ 提案，建議	
2341 ^{ていいん} **定員**₀	名 定員，限定人數	
2342 ^{ていか} **定価**₀	名 定價	

2343 <ruby>低下<rt>ていか</rt></ruby>₀	名自Ⅲ 降低；低落，低下	
2344 <ruby>定期<rt>ていき</rt></ruby>₁	名 定期	⇔<ruby>臨時<rt>りんじ</rt></ruby>
2345 <ruby>定期券<rt>ていきけん</rt></ruby>₃	名 定期車票	
2346 <ruby>定休日<rt>ていきゅうび</rt></ruby>₃	名 公休日	
2347 <ruby>抵抗<rt>ていこう</rt></ruby>₀	名他Ⅲ 抵抗；反感； 反作用力	
2348 <ruby>停止<rt>ていし</rt></ruby>₀	名自他Ⅲ 停止	
2349 <ruby>停車<rt>ていしゃ</rt></ruby>₀	名自他Ⅲ 停車，靠站 ⇔<ruby>発車<rt>はっしゃ</rt></ruby>	
2350 <ruby>提出<rt>ていしゅつ</rt></ruby>₀	名他Ⅲ 提出，提交	
2351 <ruby>停電<rt>ていでん</rt></ruby>₀	名自Ⅲ 停電	
2352 <ruby>程度<rt>ていど</rt></ruby>₁,₀	名 程度	

て

2353	<ruby>出<rt>で</rt></ruby><ruby>入<rt>い</rt></ruby>り 0,1	名 自Ⅲ 出入，進出
2354	<ruby>出<rt>で</rt></ruby><ruby>入<rt>い</rt></ruby>り<ruby>口<rt>ぐち</rt></ruby> 3,0	名 出入口
2355	<ruby>停留所<rt>ていりゅうじょ</rt></ruby> 0,5	名 (公車等)站牌，車站
2356	<ruby>手<rt>て</rt></ruby><ruby>入<rt>い</rt></ruby>れ 3,1	名 他Ⅲ 修整，保養
2357	デート 1	名 自Ⅲ 日期；約會　《date》
2358	テーマ 1	名 主題，題目　《德Thema》
2359	<ruby>敵<rt>てき</rt></ruby> 0	名 敵人；敵手，對手 ⇔ <ruby>味方<rt>みかた</rt></ruby>
2360	～<ruby>的<rt>てき</rt></ruby> 0	接尾 ～般，帶有～性質的 ☆「<ruby>間接的<rt>かんせつてき</rt></ruby>」、「<ruby>習慣的<rt>しゅうかんてき</rt></ruby>」
2361	<ruby>出来上<rt>でき あ</rt></ruby>がり 0	名 完成；做出的結果
2362	<ruby>出来上<rt>でき あ</rt></ruby>がる 0,4	自Ⅰ 做好，完成

2363	てきかく　てきかく **的確／適確**。	ナ形 正確的，確切的
2364	で き ごと **出来事**₂	名 事件，事情
2365	てき **適する**₃	自Ⅲ 適合，適宜
2366	てきせつ **適切**。	ナ形 恰當的，適當的 ☆「適切な判断」
2367	てき ど **適度**₁	名 ナ形 適度
2368	てきよう **適用**。	名 他Ⅲ 適用（法律等）
2369	で き **出来る**₂	自Ⅰ 有，發生；形成，出現 ☆「急な用事ができた」
2370	で き **出来れば**₂	連語 可能的話
2371	てくび **手首**₁	名 手腕
2372	でこぼこ **凸凹**。	名 ナ形 凹凸不平； （數量等）不均

て

2373 でし **弟子** 2	名 弟子，徒弟
2374 てじな **手品** 1	名 魔術
2375 **ですから** 1	接続 因此，所以 →³だから
2376 **でたらめ** 0	名 ナ形 胡亂，荒唐
2377 てちょう **手帳** 0	名 手冊，記事本
2378 てつ **鉄** 0	名 鐵；鋼鐵般的堅強
2379 てつがく **哲学** 2,0	名 哲學
2380 てっきょう **鉄橋** 0	名 鐵橋
2381 てつだ **手伝い** 3	名 幫助，幫忙；幫手
2382 てつづ **手続き** 2	名 手續

2383 <ruby>徹底<rt>てってい</rt></ruby>₀	名 自Ⅲ 貫徹，徹底	
2384 <ruby>鉄道<rt>てつどう</rt></ruby>₀	名 鐵道，鐵路	
2385 <ruby>鉄砲<rt>てっぽう</rt></ruby>₀	名 槍	
2386 <ruby>徹夜<rt>てつや</rt></ruby>₀	名 自Ⅲ 通宵，熬夜	
2387 テニスコート₄	名 網球場	《tennis court》
2388 <ruby>手拭<rt>てぬぐ</rt></ruby>い₀	名 小毛巾	
2389 <ruby>手間<rt>てま</rt></ruby>₂	名 (工作所需的)時間、勞力	
2390 <ruby>手前<rt>てまえ</rt></ruby>₀	名 (靠近己方)前面； 當著～的面	
2391 <ruby>出迎<rt>でむか</rt></ruby>え₀	名 迎接	⇔<ruby>見送<rt>みおく</rt></ruby>り
2392 <ruby>出迎<rt>でむか</rt></ruby>える₄,₃,₀	他Ⅱ 迎接	⇔<ruby>見送<rt>みおく</rt></ruby>る

て

263

2393	**デモ** 1	名 遊行，示威遊行 《demonstration》
2394	て **照らす** 2,0	他 I 照耀；對照，參照 ∞ て 照る
2395	て **照る** 1	自 I 照耀；天晴 ∞ て 照らす
2396	てん **～店**	接尾 ～店 ☆「料理店」 りょうり てん
2397	てんかい **展開** 0	名 自他 III 展開，進行；展現
2398	でんき **伝記** 0	名 傳記
2399	でんきゅう **電球** 0	名 電燈泡
2400	てんけい **典型** 0	名 典型
2401	てんこう **天候** 0	名 天候，天氣 →4 天気 てんき
2402	でんごん **伝言** 0	名 他 III 傳話，口信

て

2403	でんし **電子** 1	名 電子
2404	てんじょう **天井** 0	名 天花板
2405	てんすう **点数** 3	名 (成績)分數;(物品)件數
2406	でんせん **伝染** 0	名 自Ⅲ 傳染
2407	でんせん **電線** 0	名 電線
2408	でんたく **電卓** 0	名 電子計算機
2409	でんち **電池** 1	名 電池
2410	でんちゅう **電柱** 0	名 電線桿
2411	てんてん **点々** 0	副 點點地;滴答地(落下)
2412	てんてん **転々** 0,3	副 自Ⅲ 輾轉;滾動

て

2413 テント₁	名 帳棚	《tent》
^{でんとう} **2414 伝統**₀	名 傳統	
^{てんねん} **2415 天然**₀	名 天然	⇔^{じんこう}人工
^{てんのう} **2416 天皇**₃	名 天皇	
^{でん ぱ} **2417 電波**₁	名 電波	
2418 テンポ₁	名 拍子，節奏；(事物進行 的)速度　　《義 tempo》	
^{でんりゅう} **2419 電流**₀	名 電流	
^{でんりょく} **2420 電力**₁,₀	名 電力	

2421 <ruby>度<rt>ど</rt></ruby>。	名 程度，限度；刻度
2422 <ruby>問<rt>と</rt></ruby>い。	名 詢問；(測驗)問題 ⇔ 3<ruby>答<rt>こた</rt></ruby>え
2423 <ruby>問<rt>と</rt></ruby>い<ruby>合<rt>あ</rt></ruby>わせ。	名 問，詢問
2424 <ruby>党<rt>とう</rt></ruby>1	名 黨派；政黨
2425 <ruby>塔<rt>とう</rt></ruby>1	名 塔
2426 <ruby>問<rt>と</rt></ruby>う1,0	他I 問，打聽；追究，問罪 ⇔ 4<ruby>答<rt>こた</rt></ruby>える

2427 ～頭 とう	助数 (牛、馬等大型動物) ～頭

いっとう 一頭1	ろくとう 六頭2
に とう 二頭1	ななとう 七頭2
さんとう 三頭1	はっとう はちとう 八頭1／八頭2
よんとう 四頭1	きゅうとう 九頭1
ごとう 五頭1	じゅっとう じっとう 十頭1／十頭1

2428 ～等 とう	助数 (等級、次序) ～等 ☆「一等賞」 いっとうしょう

いっとう 一等0,3	ろくとう 六等0,3
に とう 二等0,2	ななとう 七等0,3
さんとう 三等0,3	はっとう はちとう 八等0,3／八等0,3
よんとう 四等0,3	きゅうとう 九等0,3
ごとう 五等0,2	じゅっとう じっとう 十等0,3／十等0,3

2429 ～島0 とう	接尾 ～島 ☆「サイパン島」 とう

2430 銅1 どう	名 銅

と

2431 同～₁ どう	連体 (如前述之)同～, 該～ ☆「同提案」 どうていあん
2432 ～道 どう	接尾 (日本舊制行政區畫) ～道 ☆「東海道」 とうかいどう
2433 答案₀ とうあん	名 答案；答案卷
2434 統一₀ とういつ	名 他Ⅲ 統一
2435 同一₀ どういつ	名 ナ形 同一；同等
2436 どうか₁	副 請；設法；怪異，不尋常
2437 同格₀ どうかく	名 同等資格
2438 峠₃ とうげ	名 山頂；(事物)最高峰
2439 統計₀ とうけい	名 他Ⅲ 統計
2440 動作_{1,0} どうさ	名 動作

と

269

2441 とうざい **東西** 1	名 (方向)東西；亞洲與歐美 ⇔ なんぼく 南北
2442 とうじ **当時** 1	名 當時
2443 どうし **動詞** 0	名 動詞
2444 どうじ **同時** 0	名 同時
2445 とうじつ **当日** 0	名 當日，當天
2446 **どうしても** 1,4	副 一定要；(後接否定) 怎麼也(不)～
2447 とうしょ **投書** 0	名 自他Ⅲ 投書，投稿
2448 とうじょう **登場** 0	名 自Ⅲ 登臺，登場
2449 **どうせ** 0	副 反正，無論如何
2450 とうぜん **当然** 0	名 ナ形 副 當然，理所當然

2451 灯台₀ とうだい	名 燈塔；燈臺，燈架
2452 到着₀ とうちゃく	名 自Ⅲ 到，抵達 ☆「荷物の到着が遅れた」 <small>にもつ とうちゃく おく</small>
2453 道徳₀ どうとく	名 道徳
2454 盗難₀ とうなん	名 失竊
2455 当番₁ とうばん	名 值班；值班者
2456 投票₀ とうひょう	名 自Ⅲ 投票
2457 等分₀ とうぶん	名 他Ⅲ 等分，平分
2458 透明₀ とうめい	名 ナ形 透明
2459 灯油₀ とうゆ	名 燈油；煤油
2460 東洋₁ とうよう	名 東洋(中、日、韓等)， 東方　　⇔³西洋 <small>せいよう</small>

と

2461 <ruby>同様<rt>どうよう</rt></ruby>₀	名 ナ形 同様
2462 <ruby>童謡<rt>どうよう</rt></ruby>₀	名 童謡
2463 <ruby>同僚<rt>どうりょう</rt></ruby>₀	名 同僚，同事
2464 <ruby>道路<rt>どうろ</rt></ruby>₁	名 道路，公路
2465 <ruby>童話<rt>どうわ</rt></ruby>₀	名 童話
2466 <ruby>通す<rt>とお</rt></ruby>₁	他I 使通過；透過，穿透 ∞³<ruby>通る<rt>とお</rt></ruby>
2467 <ruby>通り<rt>とお</rt></ruby>₃	名 如〜，照〜 ★「<ruby>次<rt>つぎ</rt></ruby>の<ruby>通<rt>とお</rt></ruby>り」

と

2468	とお 〜通り。	助数 〜種

ひととお 一通り。	ろくとお 六通り。
ふたとお 二通り。	ななとお 七通り。
み とお 三通り。／さんとお 三通り。	はちとお 八通り。／はっとお 八通り。
よ とお 四通り。／よんとお 四通り。	きゅうとお 九通り。
ごとお 五通り。	じゅっとお 十通り。／じっとお 十通り。

2469	とお か 通り掛かる 5.0	自Ⅰ 恰巧路過

2470	とお す 通り過ぎる 5.0	自Ⅱ 經過，通過

2471	と かい 都会 0	名 都會，都市 →と し 都市

2472	と 溶かす 2	他Ⅰ 溶解；熔化 →と 溶く ∞と 溶ける

2473	とが 尖る 2	自Ⅰ 尖銳；敏感

2474	とき 時 2	名 時間；時刻；時期；時機 ☆「とき 時がたつ」

と

2475 **どきどき**₁	副 自Ⅲ (心)撲通撲通地跳
2476 **溶く**₁ と	他Ⅰ 溶解，溶化 →溶かす ∞溶ける
2477 **解く**₁ と	他Ⅰ 解開；解答； 解除 ⇔結ぶ ∞解ける
2478 **得**₀ とく	名 收益，利益 ナ形 有利的，不吃虧的 ⇔損
2479 **退く**₀ ど	自Ⅰ 閃開，讓開 ∞どける
2480 **毒**₂ どく	名 毒，毒藥；害，有害
2481 **得意**₂,₀ とくい	名 ナ形 得意；自滿；擅長 ⇔苦手
2482 **特殊**₀,₁ とくしゅ	名 ナ形 特殊 →特別 ⇔一般
2483 **読書**₁ どくしょ	名 自Ⅲ 讀書
2484 **特色**₀ とくしょく	名 特色；特長 →特徴

2485 **独身**。 どくしん	名 單身	
2486 **特徴**。 とくちょう	名 特徵，特色	→特色 とくしょく
2487 **特長**。 とくちょう	名 特長，優點	
2488 **特定**。 とくてい	名 他Ⅲ 特定	
2489 **独特**。 どくとく	名 ナ形 獨特，獨有	
2490 **特売**。 とくばい	名 他Ⅲ 特賣，特價出售	
2491 **独立**。 どくりつ	名 自Ⅲ 獨立，自立	
2492 **溶け込む**。0,3 と こ	自Ⅰ 溶解；融入，融洽	
2493 **溶ける**2 と	自Ⅱ 溶解；熔化 ∞ 溶かす、溶く と と	
2494 **解ける**2 と	自Ⅱ 鬆開；消除；解決； 融化 ∞ 解く と	

と

2495 <ruby>退<rt>ど</rt></ruby>ける。	他Ⅱ 挪開，移開	∞どく
2496 どこか₁	名 某處	
2497 <ruby>床<rt>とこ</rt></ruby>の<ruby>間<rt>ま</rt></ruby>。	名 (日式客廳)擺花、掛軸 　　等地板高起處	
2498 ～ところ	名 正～ 　☆「いま<ruby>行<rt>い</rt></ruby>くところだ」	
2499 ところが₃	接続 可是，然而	
2500 ところで₃	接続 (轉變話題)對了	
2501 <ruby>所々<rt>ところどころ</rt></ruby>₄	名 到處	
2502 <ruby>登山<rt>とざん</rt></ruby>₁,₀	名 自Ⅲ 登山	
2503 <ruby>都市<rt>とし</rt></ruby>₁	名 都市，城市	→<ruby>都会<rt>とかい</rt></ruby>
2504 <ruby>年月<rt>としつき</rt></ruby>₂	名 歲月；長年累月	→<ruby>年月<rt>ねんげつ</rt></ruby>

2505 **図書**₁ _{としょ}	名 圖書	→書籍、書物 _{しょせき　しょもつ}
2506 **年寄り**₃,₄ _{としよ}	名 年長者	
2507 **閉じる**₂ _と	他Ⅱ 閉上，合上； 　　結束（集會、營業等）	
2508 **都心**₀ _{としん}	名 市中心	
2509 **戸棚**₀ _{とだな}	名 櫥櫃	
2510 **途端**₀ _{とたん}	名 剛～時；一～就 ☆「立ち上がった途端に倒れた」 _{た　あ　　　　とたん　たお}	
2511 **土地**₀ _{とち}	名 土地；地皮；當地	
2512 **とっくに**₃	副 老早，早就	
2513 **突然**₀ _{とつぜん}	副 突然，忽然	
2514 **(～に)とって**₁	連語 對於～來說	

と

2515 どっと₀,₁	副 蜂擁而至；哄然
2516 トップ₁	名 首位，第一 《top》
2517 届く₂ <ruby>届<rt>とど</rt></ruby>	自Ⅰ 達，及；送到 ∞³ 届ける
2518 整う₃ <ruby>整<rt>ととの</rt></ruby>	自Ⅰ 整齊端正；齊備 ☆「<ruby>準備<rt>じゅんび</rt></ruby>が<ruby>整<rt>ととの</rt></ruby>う」
2519 留まる₃ <ruby>留<rt>とど</rt></ruby>	自Ⅰ 留下，停留
2520 怒鳴る₂ <ruby>怒<rt>ど</rt>鳴<rt>な</rt></ruby>	自Ⅰ 大聲喊；斥責
2521 とにかく₁	副 總之，反正；姑且不論 →ともかく
2522 ～殿<ruby>殿<rt>どの</rt></ruby>	接尾 接於姓名、頭銜之後表示敬意 ☆「<ruby>課長殿<rt>かちょうどの</rt></ruby>」
2523 飛ばす₀ <ruby>飛<rt>と</rt></ruby>	他Ⅰ 使飛；使奔馳；(順序)跳過 ∞⁴ 飛ぶ
2524 飛び込む₃ <ruby>飛<rt>と</rt></ruby><ruby>込<rt>こ</rt></ruby>	自Ⅰ 跳入；闖入；投身

と

2525 とび 飛び出す 3	自I	飛出；跳出；衝出
2526 と 跳ぶ 0	自I	跳，跳躍
2527 と 留まる 0	自I	停留；固定住 ∞留める
2528 と 留める 0	他II	使停留；固定 ∞留まる
2529 と 泊める 0	他II	留宿；停泊 ∞³泊まる
2530 とも 友 1	名	友人，朋友
2531 ともかく 1	副	總之，反正；姑且不論 →とにかく
2532 ともな 伴う 3	自他I	隨，跟；伴隨《drive》
2533 とも 共に 0	副	一同，一起；都，皆
2534 どよう 土曜 2,0／土 1	名	星期六 →⁴土曜日

2535 <ruby>虎<rt>とら</rt></ruby> 0	名 老虎
2536 **ドライブ** 2	名 自Ⅲ 開車兜風
2537 <ruby>捕<rt>とら</rt></ruby>える 3,2	他Ⅱ 捕，捉；抓住；領會
2538 **トラック** 2	名 卡車　　　　　《truck》
2539 **ドラマ** 1	名 戲劇　　　　　《drama》
2540 **トランプ** 2	名 撲克牌　　　　《trump》
2541 <ruby>取<rt>と</rt></ruby>り<ruby>上<rt>あ</rt></ruby>げる 0,4	他Ⅱ 拿起；採納；沒收
2542 <ruby>取<rt>と</rt></ruby>り<ruby>入<rt>い</rt></ruby>れる 4,0	他Ⅱ 拿進來；採用；收割
2543 <ruby>取<rt>と</rt></ruby>り<ruby>消<rt>け</rt></ruby>す 0,3	他Ⅰ 取消，撤回
2544 <ruby>取<rt>と</rt></ruby>り<ruby>出<rt>だ</rt></ruby>す 3,0	他Ⅰ 取出；挑出 ☆「ナイフを<ruby>取<rt>と</rt></ruby>り<ruby>出<rt>だ</rt></ruby>す」

2545 どりょく **努力**₁	名 自Ⅲ 努力
2546 と **採る**₁	他Ⅰ 採，摘；採用
2547 と **捕る**₁	他Ⅰ 捕捉（動物） ☆「虫を捕る」、「熊を捕る」
2548 **トレーニング**₂	名 他Ⅲ 訓練，鍛鍊 《training》
2549 **ドレス**₁	名 洋裝；（女）禮服 《dress》
2550 と **取れる**₂	自Ⅱ 脫落；消除　∞⁴取る
2551 どろ **泥**₂	名 泥巴
2552 **トン**₁	名 （重量單位）噸 《ton》
2553 **とんでもない**₅	イ形 豈有此理的 ☆「とんでもない要求」
2554 **どんなに**₁	副 如何，多麼

と

2555	トンネル。	名 隧道	《tunnel》
2556	<ruby>丼<rt>どんぶり</rt></ruby>。	名 碗公；大碗蓋飯	

と

なにぬねの

_な 2557 **名**₀	名 名稱；姓名；名聲；名義	
_{ない} 2558 **〜内**	接尾 〜内 ⇔〜外_{がい} ☆「区域内_{くいきない}」、「範囲内_{はんいない}」	
_{ないか} 2559 **内科**_{0,1}	名 内科 ⇔ 外科_{げか} ☞ 診療科名	
_{ないせん} 2560 **内線**₀	名 (電話)内線	
_{ないよう} 2561 **内容**₀	名 内容 ⇔ 形式_{けいしき}	
2562 **ナイロン**₁	名 (衣料)尼龍 《nylon》	
2563 **なお**₁	接続 又，再者	
_{なお} 2564 **治す**₂	他Ⅰ 治療 ∞³治る_{なお}	

283

2565 <ruby>～直<rt>なお</rt></ruby>す	重～，重新～ ☆「<ruby>書<rt>か</rt></ruby>き<ruby>直<rt>なお</rt></ruby>す」	
2566 <ruby>仲<rt>なか</rt></ruby>₁	名 關係，交情	
2567 <ruby>長<rt>なが</rt></ruby>～	接頭 長～ ☆「<ruby>長年<rt>ながねん</rt></ruby>」	
2568 <ruby>永<rt>なが</rt></ruby>い₂	イ形 永久的	
2569 <ruby>流<rt>なが</rt></ruby>す₂	他I 使流動；散布 ∞<ruby>流<rt>なが</rt></ruby>れる	
2570 <ruby>仲直<rt>なかなお</rt></ruby>り₃	名 自III 和好	
2571 <ruby>半<rt>なか</rt></ruby>ば₃,₂,₀	名 一半，中間； （事情進行）中途	
2572 <ruby>長引<rt>ながび</rt></ruby>く₃	自I 拖延，延長	
2573 <ruby>仲間<rt>なかま</rt></ruby>₃	名 同伴；同類	
2574 <ruby>中身<rt>なかみ</rt></ruby>／<ruby>中味<rt>なかみ</rt></ruby>₂	名 內容；內容物	

2575 <ruby>眺<rt>なが</rt></ruby>め 3	名 風景，景緻	
2576 <ruby>眺<rt>なが</rt></ruby>める 3	他Ⅱ 眺望；凝視，盯著	
2577 <ruby>中指<rt>なかゆび</rt></ruby> 2	名 中指	
2578 <ruby>仲良<rt>なかよ</rt></ruby>し 2	名 親近，要好；好友	
2579 <ruby>流<rt>なが</rt></ruby>れ 3	名 流水；流程	
2580 <ruby>流<rt>なが</rt></ruby>れる 3	自Ⅱ 流，流動；傳播 ∞<ruby>流<rt>なが</rt></ruby>す	
2581 <ruby>慰<rt>なぐさ</rt></ruby>める 4,0	他Ⅱ 安慰，撫慰	
2582 <ruby>亡<rt>な</rt></ruby>くす 0	他Ⅰ 喪，死了 ∞³<ruby>亡<rt>な</rt></ruby>くなる ☆「<ruby>祖父<rt>そふ</rt></ruby>を<ruby>亡<rt>な</rt></ruby>くす」	
2583 <ruby>殴<rt>なぐ</rt></ruby>る 2	他Ⅰ 揍，毆打	
2584 <ruby>無<rt>な</rt></ruby>し 1	名 無，沒有	

な

2585 ^な為す₁	他Ⅰ 為，做
2586 なぜなら(ば)₁	接続 為什麼呢，其理由是
2587 ^{なぞ}謎₀	名 謎；謎語
2588 ^{なぞなぞ}謎々₀	名 謎語，猜謎遊戲
2589 なだらか₂	ナ形 (地勢)平緩的；穩妥的，順利的
2590 ^{なつ}懐かしい₄	イ形 令人懷念的
2591 ^{なっとく}納得₀	名 他Ⅲ 理解，領會
2592 ^な撫でる₂	他Ⅱ 撫摸
2593 ^{なな}斜め₂	名 ナ形 歪，斜
2594 ^{なに}何か₁	連語 (不特定、未知的事物)什麼 ☆「^{なに}何かをする」

な

2595 なに **何しろ**₁	副	不管怎樣，總之
2596 なになに **何々**₁,₂	代	什麼，什麼什麼
2597 なにぶん **何分**₀	副	請
2598 なに **何も**₀	連語	(接否定)什麼也(沒)， 什麼也(不)
2599 なべ **鍋**₁	名	鍋子；火鍋
2600 なま **生**₁	名	生鮮；直接，未加工
2601 なまいき **生意気**₀	名 ナ形	傲慢，自大
2602 なま **怠ける**₃	自他Ⅱ	怠惰，懶惰 ☆「仕事を怠ける」
2603 なみ **波**₂	名	波浪；起伏；潮流
2604 なみき **並木**₀	名	行道樹

な

2605 ^{なみだ} 涙₁	名 涙
2606 ^{なや} 悩む₂	自Ⅰ 煩惱，苦惱
2607 ^{なら} 倣う₂	自Ⅰ 仿效 ☆「^{あね}姉に^{なら}倣って、^{すいえい}水泳を^{はじ}始めた」
2608 ^な 鳴らす₀	他Ⅰ 鳴，使出聲　∞³鳴^なる
2609 ^な 成る₁	自Ⅰ 完成；構成，組成
2610 ^な 生る₁	自Ⅰ 結果，成熟
2611 ^な 馴れる₂	自Ⅱ （動物）馴服，馴順
2612 ^{なわ} 縄₂	名 繩子
2613 ^{なんきょく} 南極₀	名 南極　⇔北極^{ほっきょく}
2614 ～なんて	助 （表示意外、輕蔑） ～之類，說什麼～

2615 <ruby>何<rt>なん</rt></ruby>で 1	副 為什麼	→⁴どうして
2616 <ruby>何<rt>なん</rt></ruby>でも 1	連語 無論什麼都 ☆「<ruby>何<rt>なん</rt></ruby>でも知っている」	
2617 <ruby>何<rt>なん</rt></ruby>とか 1	副 設法	
2618 <ruby>何<rt>なん</rt></ruby>となく 4	副 不知怎的，總覺得 ☆「<ruby>何<rt>なん</rt></ruby>となく<ruby>様子<rt>ようす</rt></ruby>がおかしい」	
2619 <ruby>何<rt>なん</rt></ruby>とも 0	副 (後接否定)怎麼也(不) ☆「まだ<ruby>何<rt>なん</rt></ruby>とも<ruby>言<rt>い</rt></ruby>えない」	
2620 ナンバー 1	名 數字，號碼 《number》	
2621 <ruby>南米<rt>なんべい</rt></ruby> 0	名 南美，南美洲	
2622 <ruby>南北<rt>なんぼく</rt></ruby> 1	名 南北	⇔<ruby>東西<rt>とうざい</rt></ruby>

な

な**に**ぬねの

に

2623	に あ **似合う** 2	自Ⅰ 合適，相稱
2624	に **煮える** 0	自Ⅱ 煮熟　　　　　　∞ に 煮る
2625	にお **匂う** 2	自Ⅰ 散發香味
2626	に **逃がす** 2	他Ⅰ 放走；錯失(機會等) 　　　　　　　　∞³ に 逃げる
2627	にがて **苦手** 0,3	名 ナ形 不好對付的人； 　　　不擅長　　⇔ とくい 得意
2628	にぎ **握る** 0	他Ⅰ 握，捏；掌握
2629	にく **憎い** 2	イ形 可憎的，可惡的 　　　　　　⇔⁴かわいい
2630	にく **憎む** 2	他Ⅰ 憎惡，憎恨　⇔ あい 愛する

2631 にく **憎らしい**4	イ形 可憎的，討厭的 かわい ⇔ 可愛らしい
2632 **にこにこ**1	副 自Ⅲ 微笑，笑瞇瞇 →にっこり
2633 にご **濁る**2	自Ⅰ 混濁　　　　　す ⇔ 澄む
2634 にじ **虹**0	名 彩虹
2635 にち **日**1	名 〔略語〕日本 →日本 にちべい ☆「日米」
2636 にちじ **日時**1,2	名 日期和時刻；時日，時間
2637 にちじょう **日常**0	名 日常，平日
2638 にちよう にち **日曜**3,0／**日**1	名 星期日 にちよう び →4 日曜日
2639 にちようひん **日用品**0,3	名 日用品
2640 にっか **日課**0	名 每天要做的事，例行公事

に

2641 ^{にっこう}日光 ₁	名 日光，陽光
2642 にっこり ₃	副 自Ⅲ 微笑 →にこにこ
2643 ^{にっちゅう}日中 ₁	名 日中，日本與中國
2644 ^{にってい}日程 ₀	名 日程
2645 ^{にっぽん}日本 ₃／^{に ほん}日本 ₂	名 日本
2646 ^{にぶ}鈍い ₂	イ形 鈍的；遲鈍的 ⇔ ^{するど}鋭い
2647 ^{にゅうしゃ}入社 ₀	名 自Ⅲ 進入公司(工作)
2648 ^{にゅうじょう}入場 ₀	名 自Ⅲ 入場，進場
2649 ^{にょうぼう}女房 ₁	名 妻，老婆
2650 ^{にら}睨む ₂	他Ⅰ 瞪；盯，凝視；推測

2651 に **煮る**。	他Ⅱ 煮	に ∞ 煮える
2652 にわか **俄**1	ナ形 突然	
2653 にんき **人気**。	名 人氣，人緣	
2654 にんげん **人間**。	名 人，人類	

に

なに **ぬ** ね の

2655 ぬ 縫う ₁	他I 縫，縫紉
2656 ぬ 抜く ₀	他I 拔，抽出；去除 ∞ ぬ 抜ける
2657 ぬ 抜ける ₀	自II 脫落；缺漏　∞ ぬ 抜く
2658 ぬの 布 ₀	名 布，布料
2659 ぬ 濡らす ₀	他I 弄溼，沾溼　∞³ ぬれる

ぬ

なにぬ **ね** の

2660 ね／ねえ₁	感 （親暱地招喚、叮囑）喂 ☆「ね，そうでしょう」
2661 ^ね根₁	名 根；根源；本性
2662 ^ね値₀	名 價錢，價格
2663 ^{ねが}願い₂	名 願望；請求
2664 ^{ねが}願う₂	他Ⅰ 希望；懇求；祈求
2665 ねじ₁	名 螺絲釘；發條
2666 ^{ねじ}捩る₂	他Ⅰ 扭，擰；轉動（栓、蓋）
2667 ^{ねずみ}鼠₀	名 鼠

ね

2668 **ネックレス**₁	名 項鍊	《necklace》
2669 ねっ **熱する**₀,₃	自Ⅲ 變熱；熱衷 他Ⅲ 加熱	
2670 ねったい **熱帯**₀	名 熱帯	∞ かんたい おんたい 寒帯、温帯
2671 ねっちゅう **熱中**₀	名 自Ⅲ 熱衷	
2672 ね まき ね ま き **寝巻／寝間着**₀	名 睡衣	
2673 ねら **狙い**₀	名 瞄準；目標，目的	
2674 ねら **狙う**₀	他Ⅰ 瞄準；以～為目標	
2675 ねんかん **年間**₀	名 一年，全年；年間	
2676 ねんげつ **年月**₁	名 年月，歲月	としつき →年月
2677 ねんじゅう **年中**₁	名 全年，一年到頭 副 總是，始終	

2678 ねんせい **〜年生**	助数	〜年級學生

いちねんせい 一年生 3	ろくねんせい 六年生 3
に ねんせい 二年生 2	しちねんせい 七年生 3
さんねんせい 三年生 3	はちねんせい 八年生 3
よ ねんせい 四年生 2	きゅうねんせい 九年生 3
ご ねんせい 五年生 2	じゅうねんせい 十年生 3

2679 ねんだい **年代** 0	名	年代
2680 ねん ど **年度** 1	名	年度
2681 ねんれい **年齢** 0	名	年齢

なにぬねの

2682 の **野** 1	名 原野，平原
2683 のう **能** 1	名 能力
2684 のうか **農家** 1	名 農家
2685 のうぎょう **農業** 1	名 農業
2686 のうさんぶつ **農産物** 3	名 農產品
2687 のうそん **農村** 0	名 農村
2688 のうど **濃度** 1	名 濃度
2689 のうみん **農民** 0	名 農民

2690 のうやく **農薬**0	名 農藥	
2691 のうりつ **能率**0	名 效率	
2692 のうりょく **能力**1	名 能力，本事	
2693 のき **軒**0	名 屋簷	
2694 のこぎり **鋸**3,4	名 鋸子	
2695 のこ **残す**2	他I 留下；剩下	∞³のこ 残る
2696 のこ **残らず**2	副 一個不剩，全部	
2697 のこ **残り**3	名 剩餘，剩下	
2698 の **乗せる**0	他II 使乘上，裝載	⇔お降ろす ∞⁴の乗る
2699 の **載せる**0	他II 放上，擺上；刊載	∞の載る

の

299

2700 $\overset{のぞ}{覗}$く。	他Ⅰ 窺視；看一眼；俯瞰
2701 $\overset{のぞ}{除}$く。	他Ⅰ 去除；除外
2702 $\overset{のぞ}{望}$み 0,3	名 願望，期望；希望，指望
2703 $\overset{のぞ}{望}$む。	他Ⅰ 希望，盼望；眺望
2704 $\overset{のち}{後}$ 2,0	名 之後；未來，將來 ⇔$\overset{まえ}{}^{4}$前
2705 ノック 1	名 他Ⅲ 敲門 《knock》
2706 $\overset{の}{伸}$ばす 2	他Ⅰ 留，蓄；伸長；增長 ⇔$\overset{ちぢ}{縮}$める ∞$\overset{の}{伸}$びる
2707 $\overset{の}{延}$ばす 2	他Ⅰ 延長；延後 ∞$\overset{の}{延}$びる
2708 $\overset{の}{伸}$びる 2	自Ⅱ 變長，長大；發展，進步 ⇔$\overset{ちぢ}{縮}$む ∞$\overset{の}{伸}$ばす
2709 $\overset{の}{延}$びる 2	自Ⅱ 延長；延期 ∞$\overset{の}{延}$ばす

の

2710 <ruby>述<rt>の</rt></ruby>べる₂	他Ⅱ 敘述
2711 <ruby>上<rt>のぼ</rt></ruby>り₀	名 上，上行 ⇔ <ruby>下<rt>くだ</rt></ruby>り
2712 <ruby>上<rt>のぼ</rt></ruby>る₀	自Ⅰ 上，上行；(數量)高達 ⇔ <ruby>下<rt>くだ</rt></ruby>る
2713 <ruby>昇<rt>のぼ</rt></ruby>る₀	自Ⅰ (日、月)上升；高昇 ⇔ <ruby>沈<rt>しず</rt></ruby>む
2714 <ruby>糊<rt>のり</rt></ruby>₂	名 漿糊，膠水
2715 <ruby>乗<rt>の</rt></ruby>り<ruby>換<rt>か</rt></ruby>え₀	名 轉乘，轉搭
2716 <ruby>乗<rt>の</rt></ruby>り<ruby>越<rt>こ</rt></ruby>し₀	名 自Ⅲ 坐過站
2717 <ruby>載<rt>の</rt></ruby>る₀	自Ⅰ 放置；刊載 ∞ <ruby>載<rt>の</rt></ruby>せる
2718 <ruby>鈍<rt>のろ</rt></ruby>い₂	イ形 遲緩的，慢吞吞的
2719 のろのろ₁	副 自Ⅲ 遲緩，慢吞吞

の

2720 のんき **呑気** 1	ナ形 無憂無慮的； 蠻不在乎的 → 気楽（きらく）
2721 のんびり 3	副 自Ⅲ 悠閒自得，從容

の

2722 **場**。 ば	名 地方；場合；時機
2723 **はあ**₁	感 (應答)是； (懷疑、意外)啊？
2724 **パーセント**₃	名 百分比　　　《percent》
2725 **灰**。 はい	名 灰，灰燼
2726 **灰色**。 はいいろ	名 灰色；黯淡，陰鬱
2727 **梅雨**₁ ばいう	名 梅雨
2728 **バイオリン**。	名 小提琴　　　《violin》
2729 **ハイキング**₁	名 自Ⅲ 健行，遠足　《hiking》

は

2730 はいく **俳句** 0,3	名（日本短詩）俳句
2731 はいたつ **配達** 0	名 他Ⅲ 發送，投遞
2732 ばいてん **売店** 0	名（車站、戲院內設的）小賣店
2733 **バイバイ** 1	感（對親近者所用的）再見《bye-bye》
2734 ばいばい **売買** 1	名 他Ⅲ 買賣
2735 **パイプ** 0,1	名 管子；煙斗 《pipe》
2736 はいゆう **俳優** 0	名 演員
2737 **パイロット** 3,1	名 飛行員；引水人，領港《pilot》
2738 は **這う** 1	自Ⅰ 爬，匍伏；（植物）攀緣
2739 は **生える** 2	自Ⅱ 長出（植物、毛髮等）

は

2740 <ruby>墓<rt>はか</rt></ruby>₂	名	墳墓
2741 <ruby>馬鹿<rt>ば か</rt></ruby>₁	名 ナ形	笨，傻；笨蛋，傻瓜
2742 <ruby>剥<rt>は</rt></ruby>がす₂	他I	剝下，撕下
2743 <ruby>博士<rt>はかせ</rt></ruby>₁	名	博士
2744 <ruby>馬鹿<rt>ば か</rt></ruby>らしい₄	イ形	愚蠢的，無意義的
2745 <ruby>秤<rt>はかり</rt></ruby>₃	名	秤
2746 <ruby>計<rt>はか</rt></ruby>る₂	他I	測(時、數)；斟酌
2747 <ruby>量<rt>はか</rt></ruby>る₂	他I	量(重量、容積)
2748 <ruby>測<rt>はか</rt></ruby>る₂	他I	測量(長、寬、高、深)
2749 <ruby>吐<rt>は</rt></ruby>き<ruby>気<rt>け</rt></ruby>₃	名	噁心，想吐

は

2750 **はきはき** 1	副 自Ⅲ 活潑有朝氣； 明快，乾脆
2751 **掃く** 1 は	他Ⅰ 掃
2752 **吐く** 1 は	他Ⅰ 吐出；嘔吐；冒(煙)； 吐露　　⇔ ⁴吸う
2753 **〜泊** はく	助数 過〜晩，過〜夜 ☆「二泊三日」

いっぱく 一泊 4	ろっぱく　　ろくはく 六泊 4 ／六泊 2
に はく　　ふたはく 二泊 1 ／二泊 2	ななはく 七泊 2
さんぱく 三泊 1	はっぱく　　はちはく 八泊 4 ／八泊 2
よんぱく　　よんはく 四泊 4 ／四泊 1	きゅうはく 九泊 1
ご はく 五泊 1	じゅっぱく　　じっぱく 十泊 4 ／十泊 4

2754 **拍手** 1 はくしゅ	名 自Ⅲ 拍手，鼓掌
2755 **莫大** 0 ばくだい	ナ形 莫大的，極大的
2756 **爆発** 0 ばくはつ	名 自Ⅲ 爆炸；爆發 ☆「ガス爆発」

2757 <ruby>博物館<rt>はくぶつかん</rt></ruby> 4,3	名 博物館	
2758 <ruby>歯車<rt>はぐるま</rt></ruby> 2	名 齒輪	
2759 <ruby>激しい<rt>はげ</rt></ruby> 3	イ形 激烈的；甚，厲害的	
2760 バケツ 0	名 (帶把手的)水桶 《bucket》	
2761 <ruby>挟まる<rt>はさ</rt></ruby> 3	自I 夾(在～之間) ∞ <ruby>挟む<rt>はさ</rt></ruby>	
2762 はさみ 3	名 剪刀	
2763 <ruby>挟む<rt>はさ</rt></ruby> 2	他I 夾，插；隔著 ∞ <ruby>挟まる<rt>はさ</rt></ruby>	
2764 <ruby>破産<rt>はさん</rt></ruby> 0	名 自III 破産	
2765 <ruby>端<rt>はし</rt></ruby> 0	名 邊，端；部分，片段	
2766 <ruby>梯子<rt>はしご</rt></ruby> 0	名 梯子	

は

2767 _{はじ}**始まり**。	名 開始；起因 ⇔ ³_お終わり
2768 _{はじ}**始め**。	名 開始，最初；起源 ⇔ ³_お終わり
2769 _{はしら}**柱** 3,0	名 柱；支柱，台柱
2770 _{はす}**斜**。	名 斜，歪斜
2771 **パス** 1	名 自Ⅲ (考試等)通過；傳球；(順序)跳過 《pass》
2772 _{はず}**外す**。	他Ⅰ 取下；錯過；離席 ∞外れる
2773 **パスポート** 3	名 護照 《passport》
2774 _{はず}**外れる**。	自Ⅱ 脫落；落空，沒中 ⇔ _あ当たる ∞ _{はず}外す
2775 _{はた}**旗** 2	名 旗，旗幟
2776 _{はだ}**肌** 1	名 皮膚

は

2777 パターン₂	名 類型，模式	《pattern》
2778 裸₀ _{はだか}	名 裸體，赤裸	
2779 肌着 ₃,₀ _{はだ ぎ}	名 汗衫，內衣	
2780 畑₀ _{はたけ}	名 旱田，旱地	
2781 果たして₂ _は	副 果然； （後接疑問、假定）究竟	
2782 働き₀ _{はたら}	名 工作，勞動；功能，作用	
2783 鉢₂ _{はち}	名 缽	
2784 ～発 _{はつ}	接尾 （時間、地點）～出發， ～發車	⇔～着 _{ちゃく}
2785 ×₁ _{ばつ}	名 表示錯誤、取消的符號	⇔丸 _{まる}
2786 発揮₀ _{はっ き}	名 他Ⅲ 發揮，施展	

は

2787 **バッグ** 1 ／ **ハンドバッグ** 4	名 手提包 《bag / handbag》
2788 はっけん **発見** 0	名 他Ⅲ 發現
2789 はっこう **発行** 0	名 他Ⅲ 發行，刊行
2790 はっしゃ **発車** 0	名 自Ⅲ 發車　　　　⇔停車
2791 はっしゃ **発射** 0	名 他Ⅲ 發射
2792 ばっ **罰する** 0,3	他Ⅲ 懲罰，處罰
2793 はっそう **発想** 0	名 自他Ⅲ 主意，構想； 　　　　想法，看法
2794 はったつ **発達** 0	名 自Ⅲ （身、心）成長； 　　　　發達，發展　→発展
2795 **ばったり** 3	副 突然(倒下、間斷)； 　　不期然地
2796 はってん **発展** 0	名 自Ⅲ 發展，擴展　→発達

2797 **発電**₀ はつでん	名 自Ⅲ 發電
2798 **発売**₀ はつばい	名 他Ⅲ 發售
2799 **発表**₀ はっぴょう	名 他Ⅲ 發表
2800 **発明**₀ はつめい	名 他Ⅲ 發明
2801 **派手**₂ は で	名 ナ形 華麗，鮮豔；大肆 ⇔ 地味 (じみ)
2802 **話し合い**₀ はな あ	名 商量，商議
2803 **話し合う**₄,₀ はな あ	他Ⅰ 交談；商量，討論
2804 **話し掛ける**₅,₀ はな か	他Ⅱ（對～）說話；開始說話
2805 **話 中**₀ はなしちゅう	名 正在說話；(電話)佔線
2806 **離す**₂ はな	他Ⅰ 分開；隔開；使離開 ∞ 離れる (はなれる)

は

311

2807 はな 放す₂	他Ⅰ 放，放開　　∞ はな 放れる
2808 はなは 甚だしい₅	イ形 極端的，過度的
2809 はなび 花火₁	名 煙火
2810 はなよめ 花嫁₂	名 新娘
2811 はな 離れる₃	自Ⅱ 離開；距離　　∞ はな 離す
2812 はな 放れる₃	自Ⅱ （動物）被放　　∞ はな 放す
2813 はね　は ね 羽／羽根₀	名 翅膀；羽毛
2814 ばね₁	名 彈簧；跳躍力
2815 は 跳ねる₂	自Ⅱ 跳，跳躍；飛濺
2816 はば 幅₀	名 寬度；幅度；彈性，餘地

は

2817 <ruby>母親<rt>ははおや</rt></ruby>。	名 母親	<ruby>父親<rt>ちちおや</rt></ruby> ⇔
2818 <ruby>省く<rt>はぶ</rt></ruby>₂	他Ⅰ 節省；省略	
2819 <ruby>破片<rt>はへん</rt></ruby>。	名 碎片	
2820 <ruby>歯磨き<rt>はみが</rt></ruby>₂	名 刷牙；牙膏	
2821 はめる。	他Ⅱ 鑲，嵌；戴(戒指等)	
2822 <ruby>場面<rt>ばめん</rt></ruby>₁,₀	名 場面，場合；(戲劇)一幕	
2823 <ruby>早口<rt>はやくち</rt></ruby>₂	名 嘴快，說得快	
2824 <ruby>流行る<rt>はや</rt></ruby>₂	自Ⅰ 流行；興旺	
2825 <ruby>腹<rt>はら</rt></ruby>₂	名 肚子；心思；度量	<ruby>背<rt>せ</rt></ruby> ⇔
2826 <ruby>原<rt>はら</rt></ruby>₁	名 原野	

は

2827 <ruby>払<rt>はら</rt></ruby>い<ruby>込<rt>こ</rt></ruby>む 4,0	他I 繳納
2828 <ruby>払<rt>はら</rt></ruby>い<ruby>戻<rt>もど</rt></ruby>す 5,0	他I 退還(錢)；支付(存款)
2829 バランス 0	名 均衡，平衡　　《balance》
2830 <ruby>針<rt>はり</rt></ruby> 1	名 針；針狀物
2831 <ruby>針金<rt>はりがね</rt></ruby> 0	名 鐵絲
2832 <ruby>張<rt>は</rt></ruby>り<ruby>切<rt>き</rt></ruby>る 3	自I 拉緊，繃緊；鼓足幹勁
2833 <ruby>張<rt>は</rt></ruby>る 0	自他I 伸展，擴張；張掛
2834 <ruby>反<rt>はん</rt></ruby>～	接頭 反～　　☆「<ruby>反作用<rt>はんさよう</rt></ruby>」
2835 <ruby>番<rt>ばん</rt></ruby> 1	名 輪，輪班；看守
2836 バン 1	名 (客貨兩用)箱型車《van》

は

2837	はんい **範囲** 1	名 範圍
2838	はんえい **反映** 0	名 自他Ⅲ 反射；反映
2839	はんけい **半径** 1	名 半徑
2840	はんこ **判子** 3	名 圖章，印章
2841	はんこう **反抗** 0	名 自Ⅲ 反抗
2842	はんざい **犯罪** 0	名 犯罪
2843	ばんざい **万歳** 3	感 (歡呼)萬歲
2844	**ハンサム** 1	ナ形 英俊的，俊俏的 《handsome》
2845	はんじ **判事** 1	名 法官
2846	はん **反する** 3	自Ⅲ 相反；違反

は

2847 <ruby>反省<rt>はんせい</rt></ruby>。	名 他Ⅲ 反省，檢討
2848 <ruby>判断<rt>はんだん</rt></ruby> 1,3	名 他Ⅲ 判斷
2849 <ruby>番地<rt>ばんち</rt></ruby>。	名 門牌號碼
2850 パンツ 1	名 褲子；內褲　《pants》
2851 <ruby>半島<rt>はんとう</rt></ruby>。	名 半島
2852 ハンドル。	名 把手；方向盤　《handle》
2853 <ruby>犯人<rt>はんにん</rt></ruby> 1	名 犯人
2854 <ruby>販売<rt>はんばい</rt></ruby>。	名 他Ⅲ 販賣，銷售

は

| 2855 | ~番目 _{ばんめ} | 助数 | 第～號 |

一番目_{いちばんめ}5

二番目_{にばんめ}4

三番目_{さんばんめ}5

四番目_{よんばんめ}5／四番目_{よばんめ}4

五番目_{ごばんめ}4

六番目_{ろくばんめ}5

七番目_{ななばんめ}5

八番目_{はちばんめ}5

九番目_{きゅうばんめ}5／九番目_{くばんめ}4

十番目_{じゅうばんめ}5

は

はひふへほ

2856 ひ **灯** 1	名 燈，燈光	
2857 ひ **非～**	接頭 非～ ☆「非公式」、「非常識」	ひ こうしき・ひ じょうしき
2858 ひ **～費**	接尾 ～費，～費用 ☆「医療費」、「交通費」	いりょうひ・こうつう ひ
2859 ひ あた **日当り** 0	名 向陽，向陽處	
2860 **ビール** 1	名 啤酒	《荷 bier》
2861 ひ がい **被害** 1	名 受害，受災；損害，危害 ☆「台風の被害」	たいふう・ひ がい
2862 ひ がえ **日帰り** 0	名 自Ⅲ 當天來回	
2863 ひ かく **比較** 0	名 他Ⅲ 比，比較	

ひ

2864	ひ かくてき **比較的** 0	副 比較
2865	**ぴかぴか** 1.2	副 自Ⅲ 雪亮，亮晶晶； 閃耀
2866	ひ う **引き受ける** 4	他Ⅱ 承擔；擔保
2867	ひ かえ **引き返す** 3	自Ⅰ 返回，折回
2868	ひ ざん **引き算** 2	名 減法
2869	ひ だ **引き出す** 3	他Ⅰ 拉出，抽出；提取(存 款) ☆「貯金を引き出す」
2870	ひ と **引き止める** 4	他Ⅱ 挽留；制止
2871	ひ きょう **卑怯** 2	名 ナ形 卑劣；怯懦
2872	ひ わ **引き分け** 0	名 平手，不分勝負
2873	ひ **轢く** 0	他Ⅰ 壓，輾

ひ

2874	ピクニック _{1,3}	名 野餐	《picnic》
2875	<ruby>悲劇<rt>ひげき</rt></ruby> ₁	名 悲劇	
2876	<ruby>飛行<rt>ひこう</rt></ruby> ₀	名 自Ⅲ 飛行	
2877	<ruby>膝<rt>ひざ</rt></ruby> ₀	名 膝蓋	
2878	<ruby>日差<rt>ひざ</rt></ruby>し／<ruby>陽射<rt>ひざ</rt></ruby>し ₀	名 陽光照射，陽光	
2879	<ruby>肘<rt>ひじ</rt></ruby> ₂	名 手肘	
2880	<ruby>非常<rt>ひじょう</rt></ruby> ₀	名 緊急，急迫 ナ形 極，非常的	
2881	<ruby>美人<rt>びじん</rt></ruby> _{1,0}	名 美人	
2882	ピストル ₀	名 手槍	《pistol》
2883	<ruby>額<rt>ひたい</rt></ruby> ₀	名 額頭	

ひ

2884 ビタミン 2,0	名 維生素，維他命 《德 Vitamin》
2885 ぴたり 2	副 緊緊地；恰好； 突然(停止) →ぴったり
2886 引っ掛かる 4 _{ひ か}	自I 掛，被鉤住；上當， 受騙 ∞引っ掛ける
2887 引っ掛ける 4 _{ひ か}	他II 掛；鉤住；誘騙 ∞引っ掛かる
2888 筆記 0 _{ひっき}	名 他III 筆記
2889 引っ繰り返す 5 _{ひ く かえ}	他I 使翻過來；弄倒 ∞引っ繰り返る
2890 引っ繰り返る 5 _{ひ く かえ}	自I 翻過來；倒下 ∞引っ繰り返す
2891 日付 0 _{ひづけ}	名 (記載文件製作、提出的) 年月日，日期
2892 引っ越し 0 _{ひ こ}	名 自III 搬家，遷居
2893 引っ込む 3 _{ひ こ}	自I 窩居(家中)；凹陷

ひ

2894 ひっし **必死**₀	名ナ形 殊死，拼命
2895 ひっしゃ **筆者**₁,₀	名 筆者，作者
2896 ひつじゅひん **必需品**₀,₃	名 必需品
2897 **ぴったり**₃	副自Ⅲ 緊緊地；　　→ぴたり 恰好；突然(停止)
2898 ひ ぱ **引っ張る**₃	他Ⅰ (用力)拉緊；攏絡
2899 ひ てい **否定**₀	名他Ⅲ 否定　　　⇔こうてい 肯定
2900 **ビデオ**₁	名 錄放影機；錄影帶 《video》
2901 ひと **一～**₂	接頭 一～；稍微～ ☆「一晩」、「一休み」
2902 ひとこと **一言**₂	名 一句話
2903 ひとご **人込み**₀	名 人潮，人群

ひ

322

2904 <ruby>人<rt>ひと</rt></ruby>差し<ruby>指<rt>ゆび</rt></ruby> 4	名 食指
2905 <ruby>等<rt>ひと</rt></ruby>しい 3	イ形 相同的，相等的
2906 <ruby>一通<rt>ひととお</rt></ruby>り 0	副 大略 名 普通，一般；一種（方法）
2907 <ruby>人通<rt>ひとどお</rt></ruby>り 0	名 行人來往
2908 ひとまず 2	副 暫且，姑且
2909 <ruby>瞳<rt>ひとみ</rt></ruby> 0	名 瞳孔
2910 <ruby>一休<rt>ひとやす</rt></ruby>み 2	名 自Ⅲ 休息一會兒
2911 <ruby>独<rt>ひと</rt></ruby>り 2	名 獨自；未婚
2912 <ruby>独<rt>ひと</rt></ruby>り<ruby>言<rt>ごと</rt></ruby> 0,5	名 自言自語
2913 ひとりでに 0	副 自動地，自然地

ひ

2914 <ruby>一人一人<rt>ひとり ひとり</rt></ruby> 5,4	名 各人	
2915 ビニール 2	名 塑膠	《vinyl》
2916 <ruby>皮肉<rt>ひ にく</rt></ruby> 0	名 ナ形 挖苦，諷刺	
2917 <ruby>日日<rt>ひ にち</rt></ruby> 0	名 日數，時日；日期	
2918 <ruby>捻る<rt>ひね</rt></ruby> 2	他I 扭，轉	
2919 <ruby>日の入り<rt>ひ い</rt></ruby> 0	名 日落；日暮時分 ⇔ <ruby>日の出<rt>ひ で</rt></ruby>	
2920 <ruby>日の出<rt>ひ で</rt></ruby> 0	名 日出 ⇔ <ruby>日の入り<rt>ひ い</rt></ruby>	
2921 <ruby>批判<rt>ひ はん</rt></ruby> 0	名 他III 批評，批判 → <ruby>批評<rt>ひ ひょう</rt></ruby>	
2922 <ruby>響き<rt>ひび</rt></ruby> 3	名 聲響；回響	
2923 <ruby>響く<rt>ひび</rt></ruby> 2	自I 響；迴盪	

ひ

2924 批評。 <small>ひ ひょう</small>	名 他Ⅲ 批評，評價 →批判 <small>ひ はん</small>	
2925 皮膚₁ <small>ひ ふ</small>	名 皮膚	☞診療科名
2926 秘密。 <small>ひ みつ</small>	名 ナ形 秘密	
2927 微妙。 <small>び みょう</small>	ナ形 奧妙的，微妙的	
2928 紐。 <small>ひも</small>	名 帶，細繩	
2929 冷やす₂ <small>ひ</small>	他Ⅰ 使冰涼　∽³冷える ⇔暖める／温める <small>あたた　　あたた</small>	
2930 百科辞典／百科事典₄ <small>ひゃっかじてん　ひゃっかじてん</small>	名 百科辭典	
2931 費用₁ <small>ひ よう</small>	名 費用	
2932 表。 <small>ひょう</small>	名 表格	
2933 美容。 <small>び よう</small>	名 美容	

ひ

325

2934 ^{びょう}**秒**₁	名 秒
2935 ^{びょう}**〜病**₀	接尾 〜病 ☆「熱病^{ねつびょう}」、「伝染病^{でんせんびょう}」
2936 ^{ひょうか}**評価**₁	名 他Ⅲ 估價，估計；評價
2937 ^{ひょうげん}**表現**₃,₀	名 他Ⅲ 表現，表達
2938 ^{ひょうし}**表紙**₃,₀	名 封面
2939 ^{ひょうしき}**標識**₀	名 標識，標誌
2940 ^{ひょうじゅん}**標準**₀	名 標準 →基準^{きじゅん}
2941 ^{ひょうじょう}**表情**₃	名 表情
2942 ^{びょうどう}**平等**₀	名 ナ形 平等，同等
2943 ^{ひょうばん}**評判**₀	名 他Ⅲ 評價，風評；傳聞；出名，有名

ひ

2944 ひょうほん **標本** 0	名 標本；樣本	
2945 ひょうめん **表面** 3	名 表面，外表	
2946 ひょうろん **評論** 0	名 他Ⅲ 評論	
2947 **ビルディング** 1	名 大樓，大廈	《building》 → ³ビル
2948 ひるね **昼寝** 0	名 自Ⅲ 午睡	
2949 ひろ **広がる** 0	自Ⅰ 擴大，擴展	∞ ひろ 広げる
2950 ひろ **広げる** 0	他Ⅱ 擴大；展開，攤開 ∞ ひろ 広がる	
2951 ひろ **広さ** 1	名 寬度；面積	
2952 ひろば **広場** 1	名 廣場	
2953 ひろびろ **広々** 3	副 自Ⅲ 遼闊，寬廣	

ひ

2954 ひろ **広める** 3	他Ⅱ 擴展；推廣
2955 ひん **品** 0	名 人品，品格
2956 びん **瓶** 1	名 瓶
2957 びん **便** 1	名 信；郵寄； （交通工具）班次
2958 **ピン** 1	名 大頭針；別針　　　《pin》
2959 **ピンク** 1	名 粉紅色　　　《pink》
2960 びんせん **便箋** 0	名 信紙，信箋
2961 びんづめ **瓶詰** 0,3	名 瓶裝；瓶裝物

ひ

はひ **ふ** へほ

2962 <ruby>不<rt>ふ</rt></ruby>～/<ruby>不<rt>ぶ</rt></ruby>～/<ruby>無<rt>ぶ</rt></ruby>～	名 不～，無～ ☆「<ruby>不<rt>ぶ</rt></ruby><ruby>器<rt>き</rt></ruby><ruby>用<rt>よう</rt></ruby>」、「<ruby>無<rt>ぶ</rt></ruby><ruby>作<rt>さ</rt></ruby><ruby>法<rt>ほう</rt></ruby>」
2963 <ruby>分<rt>ぶ</rt></ruby>₀	名 分（十分之一）；優勢； 厚度
2964 <ruby>部<rt>ぶ</rt></ruby>₁	名 部分；社團
2965 ～<ruby>部<rt>ぶ</rt></ruby>	助数 （書籍）～冊； （報紙）～份

<ruby>一<rt>いち</rt></ruby><ruby>部<rt>ぶ</rt></ruby>₂	<ruby>六<rt>ろく</rt></ruby><ruby>部<rt>ぶ</rt></ruby>₂
<ruby>二<rt>に</rt></ruby><ruby>部<rt>ぶ</rt></ruby>₁	<ruby>七<rt>なな</rt></ruby><ruby>部<rt>ぶ</rt></ruby>₂
<ruby>三<rt>さん</rt></ruby><ruby>部<rt>ぶ</rt></ruby>₁	<ruby>八<rt>はち</rt></ruby><ruby>部<rt>ぶ</rt></ruby>₂
<ruby>四<rt>よん</rt></ruby><ruby>部<rt>ぶ</rt></ruby>₁	<ruby>九<rt>きゅう</rt></ruby><ruby>部<rt>ぶ</rt></ruby>₁
<ruby>五<rt>ご</rt></ruby><ruby>部<rt>ぶ</rt></ruby>₁	<ruby>十<rt>じゅう</rt></ruby><ruby>部<rt>ぶ</rt></ruby>₁

2966 ファスナー₁	名 拉鍊	《fastener》

ふ

2967 ふあん **不安** ₀	名 ナ形 不安，不放心 ⇔ ³あんしん 安心
2968 ふう **〜風** ₀	接尾 〜様式，〜風格 せいようふう たてもの ☆「西洋風の建物」
2969 ふうけい **風景** ₁	名 風景，景色；情景
2970 ふうせん **風船** ₀	名 氣球
2971 ふうふ **夫婦** ₁	名 夫婦，夫妻 → ふさい 夫妻
2972 ふうん **不運** ₁	名 ナ形 不幸，倒楣 ⇔ こううん 幸運
2973 ふえ **笛** ₀	名 笛子；哨子
2974 ふ **殖える** ₂	自II（動植物等）⇔ へる 減る 増加，増多 ∞ ふ 殖やす
2975 ふか **不可** ₁,₂	名 不可，不行；不及格
2976 ふか **深まる** ₃	自I 漸深，深化

ふ

2977 ぶき **武器**1	名 武器	
2978 ふ き そく **不規則**2,3	名 ナ形 不規則，凌亂	
2979 ふきゅう **普及**0	名 自Ⅲ 普及	
2980 ふきん **付近**1,2	名 附近	きんじょ →³近所
2981 ふ **拭く**0	他Ⅰ 拭，擦拭	
2982 ふく **副~**	接頭 副~ ☆「副社長」、「副食物」	
2983 ふくし **副詞**0	名 副詞	
2984 ふくしゃ **複写**0	名 他Ⅲ 影印；複寫；複製	
2985 ふくすう **複数**3	名 複數	たんすう ⇔単数
2986 ふくそう **服装**0	名 服裝，服飾	

ふ

2987 ふく **含む** 2	他Ⅰ 包含，含有；(口)含
2988 ふく **含める** 3	他Ⅱ 包含，包括
2989 ふく **膨らます** 0	他Ⅰ 使鼓起，使膨脹 ∞ ふく 膨らむ
2990 ふく **膨らむ** 0	自Ⅰ 鼓起，膨脹 ⇔ しぼむ ∞ ふく 膨らます
2991 ふくろ **袋** 3	名 袋子
2992 ふけつ **不潔** 0	名 ナ形 不乾淨 ⇔ せいけつ 清潔
2993 ふ **更ける** 2	自Ⅱ (夜、秋)深
2994 ふこう **不幸** 2	名 ナ形 不幸，不幸福 ⇔ こうふく 幸福
2995 ふごう **符号** 0	名 符號，記號
2996 ふさい **夫妻** 2,1	名 夫妻 → ふうふ 夫婦

ふ

2997 <ruby>塞<rt>ふさ</rt></ruby>がる。	自I 閉合；堵塞　∞ふさぐ
2998 <ruby>塞<rt>ふさ</rt></ruby>ぐ。	他I 閉上；阻塞，擋 　　　　　　　　∞ふさがる
2999 ふざける₃	自II 開玩笑，不正經；愚弄
3000 <ruby>無沙汰<rt>ぶ さ た</rt></ruby>。	名 自III 久疏問候，久違
3001 <ruby>節<rt>ふし</rt></ruby>₂	名 (竹等)節；(骨)關節
3002 <ruby>武士<rt>ぶ し</rt></ruby>₁	名 武士
3003 <ruby>無事<rt>ぶ じ</rt></ruby>。	名 ナ形 平安無事；健康
3004 <ruby>不思議<rt>ふ し ぎ</rt></ruby>。	名 ナ形 不可思議
3005 <ruby>部首<rt>ぶ しゅ</rt></ruby>₁	名 (漢字的)部首
3006 <ruby>不自由<rt>ふ じ ゆう</rt></ruby>₁,₂	名 ナ形 自III 不自由，不方便

ふ

3007	<ruby>夫人<rt>ふじん</rt></ruby>₀	名〔敬稱〕夫人
3008	<ruby>婦人<rt>ふじん</rt></ruby>₀	名 婦女
3009	<ruby>襖<rt>ふすま</rt></ruby>₀,₃	名 (布、紙糊的)日式拉門 ∞ <ruby>障子<rt>しょうじ</rt></ruby>
3010	<ruby>不正<rt>ふせい</rt></ruby>₀	名 ナ形 不正當
3011	<ruby>防ぐ<rt>ふせ</rt></ruby>₂	他I 防守;預防 ⇔<ruby>攻める<rt>せ</rt></ruby>
3012	<ruby>不足<rt>ふそく</rt></ruby>₀	名 ナ形 自III 不足,不夠;不滿意
3013	<ruby>付属<rt>ふぞく</rt></ruby>₀	名 自III 附屬
3014	<ruby>蓋<rt>ふた</rt></ruby>₀	名 蓋子
3015	<ruby>舞台<rt>ぶたい</rt></ruby>₁	名 舞臺 →ステージ
3016	<ruby>双子<rt>ふたご</rt></ruby>₀	名 雙胞胎 ☞ 十二星座

ふ

3017 <ruby>再<rt>ふたた</rt></ruby>び。	副 再，再次
3018 <ruby>負担<rt>ふ たん</rt></ruby>。	名 他Ⅲ 負擔
3019 <ruby>普段<rt>ふ だん</rt></ruby>₁	名 副 平常，平日
3020 <ruby>縁<rt>ふち</rt></ruby>₂	名 邊，緣，框
3021 <ruby>打<rt>ぶ</rt></ruby>つ₁	他Ⅰ 打，毆打
3022 ～<ruby>物<rt>ぶつ</rt></ruby>	接尾 ～物，～的東西 ☆「<ruby>生産物<rt>せいさんぶつ</rt></ruby>」、「<ruby>郵便物<rt>ゆうびんぶつ</rt></ruby>」
3023 <ruby>不通<rt>ふ つう</rt></ruby>。	名 不通，滯礙
3024 <ruby>物価<rt>ぶっ か</rt></ruby>。	名 物價
3025 ぶつかる。	自Ⅰ 碰撞；遭逢 ∞ ぶつける
3026 ぶつける。	他Ⅱ 使撞上　　∞ ぶつかる

ふ

3027 ぶっしつ **物質** 0	名 物質
3028 ぶっそう **物騒** 3	ナ形 騷然不安的;危險的
3029 **ぶつぶつ** 1	副 嘀咕;發牢騷;一顆顆
3030 ぶつり **物理** 1	名 物理
3031 ふで **筆** 0	名 毛筆;書畫
3032 **ふと** 0,1	副 忽然,突然
3033 ふなびん **船便** 0,2	名 船運,海運
3034 ぶ ひん **部品** 0	名 零件
3035 ふ ぶき **吹雪** 1	名 暴風雪
3036 ぶ ぶん **部分** 1	名 部分,一部分　⇔ ぜんたい 全体

ふ

3037 ふへい **不平** 0	名 ナ形 不平，不満	
3038 ふ ぼ **父母** 1	名 父母	→ ⁴ りょうしん 両親
3039 ふまん **不満** 0	名 ナ形 不満足，不満意	⇔ まんぞく 満足
3040 ふみきり **踏切** 0	名 平交道	
3041 ふもと **麓** 3	名 山麓，山脚	⇔ ちょうじょう 頂上
3042 ふ ふ **増やす／殖やす** 2	他I 増加	⇔ 減らす ∞³ 増える、殖える
3043 **フライパン** 0	名 平底鍋	《frying pan》
3044 **ブラウス** 2	名 女用襯衫	《blouse》
3045 さ **ぶら下げる** 0	他II 掛，提；佩帶	
3046 **ブラシ** 1	名 刷子	《brush》

ふ

3047 **プラス**1,0	名 他Ⅲ 加；有利 《plus》 ⇔ マイナス	
3048 **プラスチック**4	名 塑膠 《plastic》	
3049 **プラットホーム**5	名 月台 《platform》	
3050 **プラン**1	名 計畫 《plan》	
3051 **不利**1 ふ り	名 ナ形 不利 ⇔ 有利 ゆうり	
3052 **～振り** ぶ	接尾 (時間)相隔～ ☆「一年振り」 いちねん ぶ	
3053 **フリー**2	名 ナ形 自由；免費 《free》	
3054 **振り仮名**0,3 ふ が な	名 漢字旁標注讀音的假名	
3055 **振り向く**3 ふ む	自Ⅰ (轉身)回頭	
3056 **プリント**0	名 印刷品，講義 《print》 名 他Ⅲ 印刷；沖(照片)	

ふ

3057 振る。 ふ	他I 搖，揮；撒（鹽等）
3058 古〜 ふる	接頭 舊〜　　☆「古新聞」 ふるしんぶん ⇔新〜 しん
3059 震える。 ふる	自II 震動；發抖，顫抖
3060 故郷 2 ふるさと	名 老家，故鄉　→故郷 こきょう
3061 振舞う 3 ふるま	自I 動作，行動 他I 款待，請客
3062 ブレーキ 2	名 煞車；阻礙，抑制 《brake》
3063 触れる。 ふ	自II 接觸；涉及，觸及
3064 プロ 1	名 專業，職業　《professional》 ☆「プロ野球」 やきゅう
3065 ブローチ 2	名 胸針　　　　　《brooch》
3066 プログラム 3	名 節目，節目單；電腦程式 《program》

ふ

3067 ふ ろ しき **風呂敷**。	名 (包裹用的)四方巾
3068 **ふわふわ**₁	副 自Ⅲ 輕飄飄；軟綿綿； 心神不定
3069 ぶん **分**₁	名 (分配的)份；程度，情形
3070 ぶん **文**₁	名 句子；文章
3071 ふん い き **雰囲気**₃	名 氣氛
3072 ふん か **噴火**。	名 自Ⅲ (火山)爆發
3073 ぶんかい **分解**。	名 自他Ⅲ 拆開，分解
3074 ぶんげい **文芸**₀,₁	名 文藝，藝文；文學
3075 ぶんけん **文献**。	名 文獻
3076 ふんすい **噴水**。	名 噴水池；噴出的水

3077 **分数** ³ ぶんすう	名 (數學)分數 ∞ 整数、小数 せいすう　しょうすう
3078 **分析** ₀ ぶんせき	名 他Ⅲ 分析
3079 **文体** ₀ ぶんたい	名 文體；文章風格
3080 **分布** ₀,₁ ぶんぷ	名 自Ⅲ 分布
3081 **文房具** ³ ぶんぼうぐ	名 文具
3082 **文脈** ₀ ぶんみゃく	名 文章的脈絡
3083 **文明** ₀ ぶんめい	名 文明
3084 **分野** ₁ ぶんや	名 領域，範疇
3085 **分量** ³ ぶんりょう	名 量，份量
3086 **分類** ₀ ぶんるい	名 他Ⅲ 分類

ふ

3087 へい **塀**。	名 圍牆	
3088 へいかい **閉会**。	名 自他Ⅲ 閉會，閉幕	⇔ 開会 _{かいかい}
3089 へいき **平気**。	名 ナ形 不在乎，無動於衷	
3090 へいきん **平均**。	名 自他Ⅲ 平均；平衡，均衡	
3091 へいこう **平行**。	名 自Ⅲ 平行	⇔ 交差 _{こうさ}
3092 へいじつ **平日**。	名 平日，工作日；平時	⇔ 祝日 _{しゅくじつ}
3093 へいたい **兵隊**。	名 士兵；軍隊	
3094 へいぼん **平凡**。	名 ナ形 平凡，普通	

へ

3095 平野。 へい や	名 平野，平原	
3096 平和。 へい わ	名 ナ形 和平；和睦 ⇔³戦争 せんそう	
3097 凹む。 へこ	自I 凹下；認輸	
3098 臍。 へそ	名 肚臍	
3099 隔てる ₃ へだ	他II 隔開；間隔	
3100 別荘 ₃ べっそう	名 別墅	
3101 別々。 べつべつ	名 ナ形 分開，個別	
3102 ベテラン。	名 老手	《veteran》
3103 減らす。 へ	他I 減少 ⇔増やす／殖やす ふ　　　　ふ ∞減る へ	
3104 ヘリコプター ₃	名 直升機	《helicopter》

3105 へ **減る**。	自Ⅰ 減少 ⇔³増える、殖える ∞減らす
3106 へ **減る**。	自Ⅰ （肚子）空，餓 ★「腹がへる」
3107 **ベルト**。	名 皮帶 《belt》
3108 へん **～編**	助数 ～篇，～卷，～冊

いっぺん 一編₁	ろっぺん　　ろくぺん 六編₁／六編₂
に へん 二編₁	なな へん　　しち へん 七編₂／七編₂
さんぺん 三編₁	はち へん　　はっぺん 八編₂／八編₁
よんぺん 四編₁	きゅうへん 九編₁
ご へん 五編₁	じゅっぺん　　じっぺん 十編₁／十編₁

344

3109	～遍 ^{へん}	助数 ～遍，～次

一遍 ^{いっぺん} 1	六遍 ^{ろっぺん} 1
二遍 ^{に へん} 1	七遍 ^{なな へん} 2／七遍 ^{しちへん} 2
三遍 ^{さんべん} 1	八遍 ^{はちへん} 2／八遍 ^{はっぺん} 1
四遍 ^{よんへん} 1	九遍 ^{きゅうへん} 1
五遍 ^{ご へん} 1	十遍 ^{じゅっぺん} 1／十遍 ^{じっぺん} 1

3110	便 ^{べん} 1	名 ナ形 方便，便利
		★「交通の便 ^{こうつう べん}」

3111	変化 ^{へん か} 1	名 自Ⅲ 變化，改變

3112	ペンキ 0	名 油漆　　　　《荷 pek》

3113	変更 ^{へんこう} 0	名 他Ⅲ 變更，更改

3114	編集 ^{へんしゅう} 0	名 他Ⅲ 編輯，編纂

3115	便所 ^{べんじょ} 3	名 廁所

3116 ベンチ₁	名 長椅	《bench》
3117 ペンチ₁	名 鉗子	《pinchers》
3118 <ruby>弁当<rt>べんとう</rt></ruby>₃	名 便當	

へ

3119 ～<ruby>歩<rt>ほ</rt></ruby>	助数 ～歩

<ruby>一歩<rt>いっ ぽ</rt></ruby>₁	<ruby>六歩<rt>ろっ ぽ</rt></ruby>₁
<ruby>二歩<rt>に ほ</rt></ruby>₁	<ruby>七歩<rt>なな ほ</rt></ruby>₂
<ruby>三歩<rt>さん ぽ</rt></ruby>₁	<ruby>八歩<rt>はち ほ</rt></ruby>₂／<ruby>八歩<rt>はっ ぽ</rt></ruby>₁
<ruby>四歩<rt>よん ほ</rt></ruby>₁	<ruby>九歩<rt>きゅう ほ</rt></ruby>₁
<ruby>五歩<rt>ご ほ</rt></ruby>₁	<ruby>十歩<rt>じゅっ ぽ</rt></ruby>₁／<ruby>十歩<rt>じっ ぽ</rt></ruby>₁

3120 ～ぽい	接尾 表示某傾向很突出 ☆「<ruby>子供<rt>こども</rt></ruby>っぽい」、「<ruby>忘<rt>わす</rt></ruby>れっぽい」

3121 <ruby>方<rt>ほう</rt></ruby>₁	名 方向；方面，領域

3122 <ruby>法<rt>ほう</rt></ruby>₀	名 法律；法則

3123 <ruby>棒<rt>ぼう</rt></ruby>₀	名 棒，棍；直線

ほ

3124 <ruby>防<rt>ぼう</rt></ruby>～	接尾 防～　☆「<ruby>防火<rt>ぼうか</rt></ruby>」、「<ruby>防音<rt>ぼうおん</rt></ruby>」	
3125 <ruby>望遠鏡<rt>ぼうえんきょう</rt></ruby>₀	名 望遠鏡	
3126 <ruby>方角<rt>ほうがく</rt></ruby>₀	名 方位，方向	
3127 <ruby>箒<rt>ほうき</rt></ruby> 0,1	名 掃帚	
3128 <ruby>方言<rt>ほうげん</rt></ruby>₃	名 方言	
3129 <ruby>冒険<rt>ぼうけん</rt></ruby>₀	名 自Ⅲ 冒険	
3130 <ruby>方向<rt>ほうこう</rt></ruby>₀	名 方向	
3131 <ruby>報告<rt>ほうこく</rt></ruby>₀	名 他Ⅲ 報告	
3132 <ruby>坊<rt>ぼう</rt></ruby>さん₀	名（親切稱呼）和尚	
3133 <ruby>防止<rt>ぼうし</rt></ruby>₀	名 他Ⅲ 防止	

ほ

3134 <ruby>方針<rt>ほうしん</rt></ruby>。	名 方針	
3135 <ruby>宝石<rt>ほうせき</rt></ruby>。	名 寶石	
3136 <ruby>包装<rt>ほうそう</rt></ruby>。	名 他Ⅲ 包裝	
3137 <ruby>法則<rt>ほうそく</rt></ruby>。	名 法則	
3138 <ruby>包帯<rt>ほうたい</rt></ruby>。	名 繃帶	
3139 <ruby>膨大<rt>ぼうだい</rt></ruby>。	ナ形 龐大的，巨大的 名 自Ⅲ 膨脹	ほ
3140 <ruby>包丁<rt>ほうちょう</rt></ruby>／<ruby>庖丁<rt>ほうちょう</rt></ruby>。	名 菜刀	
3141 <ruby>方程式<rt>ほうていしき</rt></ruby>₃	名 (數學)方程式	
3142 <ruby>防犯<rt>ぼうはん</rt></ruby>。	名 防範犯罪	
3143 <ruby>豊富<rt>ほうふ</rt></ruby>₀,₁	名 ナ形 豐富	

349

3144 <ruby>方法<rt>ほうほう</rt></ruby>。	名 方法，辦法
3145 <ruby>方々<rt>ほうぼう</rt></ruby>1	名 到處
3146 <ruby>方面<rt>ほうめん</rt></ruby>3	名 地區，一帶；方面，領域
3147 <ruby>訪問<rt>ほうもん</rt></ruby>0	名 他Ⅲ 訪問
3148 <ruby>坊や<rt>ぼう</rt></ruby>1	名 (親切稱呼)小弟弟
3149 <ruby>放る<rt>ほう</rt></ruby>0	他Ⅰ 抛，扔； (半途)放棄，不管
3150 <ruby>吠える<rt>ほ</rt></ruby>2	自Ⅱ 吠，咆哮
3151 ボーイ0	名 服務生，侍應生 《boy》
3152 ボート1	名 (西洋式)小船 《boat》
3153 ボーナス1	名 (薪水之外的)獎金； 紅利 《bonus》

ほ

3154 ホーム₁	名〔略語〕月台　　《platform》 　→プラットホーム
3155 ボール₀,₁	名 球　　　　　　　　　《ball》
3156 朗らか₂ ほが	ナ形 (個性)開朗的；晴朗的
3157 牧場₀ ぼくじょう	名 牧場
3158 牧畜₀ ぼくちく	名 畜牧，畜牧業
3159 保健₀ ほけん	名 保健
3160 誇り₀,₃ ほこ	名 自豪；自尊心
3161 埃₀ ほこり	名 灰塵
3162 募集₀ ぼしゅう	名 他Ⅲ 募集，招募
3163 保証₀ ほしょう	名 他Ⅲ 保證，擔保

ほ

351

3164 <ruby>干<rt>ほ</rt></ruby>す₁	他Ⅰ 晒，晾；弄乾
3165 ポスター₁	名 海報　　　　　　　《poster》
3166 <ruby>保存<rt>ほぞん</rt></ruby>₀	名 他Ⅲ 保存
3167 <ruby>北極<rt>ほっきょく</rt></ruby>₀	名 北極　　　　　　⇔<ruby>南極<rt>なんきょく</rt></ruby>
3168 <ruby>坊<rt>ぼっ</rt></ruby>ちゃん₁	名〔敬稱〕公子，少爺； 公子哥兒
3169 <ruby>程<rt>ほど</rt></ruby>₀	名（事物的）程度； 限度，分寸
3170 <ruby>歩道<rt>ほどう</rt></ruby>₀	名 人行道　　　　　⇔<ruby>車道<rt>しゃどう</rt></ruby>
3171 <ruby>解<rt>ほど</rt></ruby>く₂	他Ⅰ 解開（縫著或繫著之物） 　　　　⇔<ruby>縛<rt>しば</rt></ruby>る、<ruby>結<rt>むす</rt></ruby>ぶ
3172 <ruby>仏<rt>ほとけ</rt></ruby>₃,₀	名 佛，佛陀；死者
3173 <ruby>骨<rt>ほね</rt></ruby>₂	名 骨頭；（器物）骨架 ☆「<ruby>骨<rt>ほね</rt></ruby>を<ruby>折<rt>お</rt></ruby>る」

ほ

3174	ほのお 炎 1,2	名 火焰
3175	ほほ ほお 頬／頬 1	名 臉頰
3176	ほぼ 1	副 大約　　　★「ほぼ一万円」 いちまんえん
3177	ほほえ 微笑む 3	自I 微笑；(花)微開
3178	ほり 堀 2	名 渠，溝；護城河
3179	ほ 掘る 1	他I 鑿，挖掘
3180	ほ 彫る 1	他I 雕刻；紋身
3181	ぼろ 1	名 破爛衣物；破綻，缺點
3182	ほん 本～	接頭 本～，本次～ ☆「本大会」 ほんたいかい
3183	ぼん 盆 0	名 托盤

ほ

353

3184 ぼんち **盆地** 0	名 盆地
3185 ほんにん **本人** 1	名 本人，當事人
3186 **ほんの〜** 0	連体 僅僅，稍微 ☆「ほんの<ruby>少<rt>すこ</rt></ruby>し」
3187 ほんぶ **本部** 1	名 (機構)本部，總部
3188 ほんもの **本物** 0	名 真貨；真正，真本事
3189 **ぼんやり** 3	副 自Ⅲ 隱隱約約；呆頭呆腦 ⇔ ³はっきり
3190 ほんらい **本来** 1	名 副 本來

ほ

ま みむめも

3191 ま 間 ₀	名 間隔；（空閒的）時間	
3192 まあ ₁	感 （女性在驚嘆時所用） 哎呀　　☆「まあ、きれい」	
3193 マーケット ₁,₃	名 市場　　　　　《market》	
3194 まあまあ ₁	ナ形 副 尚可，還可以	
3195 まい 毎～	接頭 毎～　☆「毎日曜日」	ま
3196 マイク ₁	名 麥克風　　　　《mike》	
3197 まいご 迷子 ₁	名 迷路的孩子 ☆「迷子になる」	
3198 まいすう 枚数 ₃	名 （紙、板、衣等）張數， 塊數，片數，件數	

3199 **毎度**₀ まいど	名 每次，常常	
3200 **マイナス**₀	名 他Ⅲ 減；不利	《minus》 ⇔プラス
3201 **任せる**₃ まか	他Ⅱ 聽任，任憑；託付	
3202 **巻く**₀ ま	他Ⅰ 捲起；纏，繞； 旋緊(發條等)	
3203 **蒔く／播く**₁ ま ま	他Ⅰ 播種	
3204 **撒く**₁ ま	他Ⅰ 灑，撒，散布	
3205 **幕**₂ まく	名 布幕；(戲劇)幕；場合	
3206 **枕**₁ まくら	名 枕頭	
3207 **負け**₀ ま	名 輸，失敗	⇔勝ち か
3208 **曲げる**₀ ま	他Ⅱ 弄彎；歪曲	∞⁴曲がる ま

ま

3209 まご 孫 2	名 孫，孫子	
3210 まごまご 1	副 自Ⅲ 倉皇失措	
3211 まさか 1	名（後接否定）該不會 ☆「まさか雨は降らないだろう」	
3212 まさつ 摩擦 0	名 自他Ⅲ 摩擦 ☆「同僚と摩擦を起こす」	
3213 まさ 正に 1	副 的確，正是	
3214 ま　　　　ま 混ざる／交ざる 2	自Ⅰ 參雜，混雜 ☆「米に麦が交ざる」	
3215 ま　　　　ま 混じる／交じる 2	自Ⅰ（少數異質物）夾雜 ☆「白髪が交じる」	
3216 ま 増す 0	自他Ⅰ 增加，增多 ⇔ 減る、減らす	
3217 マスク 1	名 面具；口罩　　　《mask》	
3218 まず 貧しい 3	イ形 貧困的；貧乏的 ⇔ 豊か	

ま

3219 マスター₁	名 (小酒館等)店主；碩士 名 他Ⅲ 精通　　　《master》
3220 ますます₂	副 越發，更加
3221 混ぜる／交ぜる₂ _ま　　_ま	名 他Ⅱ 參雜，混合；攪拌 ☆「ウイスキーに水を混ぜる」
3222 跨ぐ₂ _{また}	他Ⅰ 跨過
3223 街₂ _{まち}	名 大街
3224 待合室₃ _{まちあいしつ}	名 候車室；候診室
3225 待ち合わせる₅.₀ _ま　_あ	他Ⅱ 會合，見面
3226 間違い₃ _{まちが}	名 錯誤，過失
3227 間違う₃ _{まちが}	自Ⅰ 錯誤，出錯 ∽³間違える _{まちが}
3228 街角₀ _{まちかど}	名 街角；街頭，街上

ま

3229 松₁ _{まつ}	名 松，松樹
3230 真っ赤₃ _{ま か}	名 ナ形 火紅，通紅； 完全，純粹
3231 真っ暗₃ _{ま くら}	名 ナ形 漆黑，黑暗
3232 真っ黒₃ _{ま くろ}	名 ナ形 烏黑，純黑 ⇔真っ白 _{ま しろ}
3233 真っ青₃ _{ま さお}	名 ナ形 蔚藍；鐵青
3234 真っ先₃,₄ _{ま さき}	名 ナ形 最先，首先；最前頭
3235 真っ白₃ _{ま しろ}	名 ナ形 雪白，純白 ⇔真っ黒 _{ま くろ}
3236 真っ白い₄ _{ま しろ}	イ形 雪白的，純白的
3237 全く₀ _{まった}	副 完全；真是，的確 ☆「全くお酒を飲まない」 _{まった さけ の}
3238 祭り₀ _{まつ}	名 祭祀，祭典；廟會

ま

3239 <ruby>祭<rt>まつ</rt></ruby>る 0,2	他I 祭祀
3240 <ruby>窓口<rt>まどぐち</rt></ruby> 2	名 (機構的)窗口，櫃檯 ☆「<ruby>銀行<rt>ぎんこう</rt></ruby>の<ruby>窓口<rt>まどぐち</rt></ruby>」
3241 <ruby>纏<rt>まと</rt></ruby>まる 0	自I 整合，統一；完結
3242 <ruby>纏<rt>まと</rt></ruby>める 0	他II 使集中；歸納；解決 ☆「<ruby>要旨<rt>ようし</rt></ruby>をまとめる」
3243 <ruby>学<rt>まな</rt></ruby>ぶ 0	他I 學習
3244 <ruby>真似<rt>まね</rt></ruby> 0	名 他III 裝，模仿
3245 <ruby>招<rt>まね</rt></ruby>く 2	他I (以手勢)招喚； 邀請；招致
3246 <ruby>真似<rt>まね</rt></ruby>る 0	他II 學，模仿
3247 <ruby>眩<rt>まぶ</rt></ruby>しい 3	イ形 耀眼的
3248 <ruby>瞼<rt>まぶた</rt></ruby> 1	名 眼皮，眼瞼

ま

| 3249 | **マフラー**₁ | 名 圍巾 | 《muffler》 |

| 3250 | **ママ**₁ | 名 媽媽 | 《mama》 ⇔³パパ |

| 3251 | まめ
豆₂ | 名 豆子 | |

| 3252 | ま　な
間も無く₂ | 副 不久，快要
☆「まもなく映画が始まる」 | |

| 3253 | まも
守る₂ | 他I 保衛，守護；遵守
⇔攻める、破る | |

| 3254 | まよ
迷う₂ | 自I 迷路；猶豫，迷惑 | |

| 3255 | **マラソン**₀ | 名 馬拉松賽跑 | 《marathon》 |

| 3256 | まる　　まる
丸／円₀ | 名 圓形，圈「○」；句號
⇔ばつ | |

| 3257 | **まるで**₀ | 副 宛如；(後接否定)全然 | |

| 3258 | まれ
稀₀,₂ | ナ形 少有的，希罕的 | |

ま

361

3259 <ruby>回<rt>まわ</rt></ruby>す。	他Ⅰ 轉動；傳遞；調度 ∞ 3 <ruby>回<rt>まわ</rt></ruby>る
3260 <ruby>回<rt>まわ</rt></ruby>り。	名 旋轉，轉動；蔓延
3261 <ruby>回<rt>まわ</rt></ruby>り<ruby>道<rt>みち</rt></ruby> 0,3	名 繞遠路
3262 <ruby>万<rt>まん</rt></ruby>(が)<ruby>一<rt>いち</rt></ruby> 1	副 萬一，倘若 名 萬一　　☆「<ruby>万<rt>まん</rt></ruby>一<ruby>の<rt></rt></ruby><ruby>事故<rt>じこ</rt></ruby>」
3263 <ruby>満員<rt>まんいん</rt></ruby>。	名 客滿，額滿
3264 マンション 1	名 公寓大樓　　《mansion》
3265 <ruby>満足<rt>まんぞく</rt></ruby> 1	名 自Ⅲ 滿足　　⇔ <ruby>不満<rt>ふまん</rt></ruby> ナ形 令人滿意的，完滿的
3266 <ruby>満点<rt>まんてん</rt></ruby> 3	名 (考試等)滿分；完美

ま

まみむめも

3267 <ruby>身<rt>み</rt></ruby>₀	名 身體；自身；立場	
3268 <ruby>実<rt>み</rt></ruby>₀	名 果實；內容	
3269 <ruby>未<rt>み</rt></ruby>〜	接頭 未〜	☆「<ruby>未完成<rt>みかんせい</rt></ruby>」
3270 〜み	接尾 表示性質、程度、狀態	☆「<ruby>弱<rt>よわ</rt></ruby>み」
3271 <ruby>見上<rt>みあ</rt></ruby>げる₀,₃	他Ⅱ 仰望；敬佩 ⇔ <ruby>見下<rt>みお</rt></ruby>ろす	
3272 <ruby>見送<rt>みおく</rt></ruby>り₀	名 送行 ⇔ <ruby>出迎<rt>でむか</rt></ruby>え	
3273 <ruby>見送<rt>みおく</rt></ruby>る₀,₃	他Ⅰ 送行，送別 ⇔ <ruby>出迎<rt>でむか</rt></ruby>える	
3274 <ruby>見下<rt>みお</rt></ruby>ろす₀,₃	他Ⅰ 俯瞰；瞧不起 ⇔ <ruby>見上<rt>みあ</rt></ruby>げる	

み

3275 <ruby>見掛<rt>み か</rt></ruby>け₀	名 外觀，外表	
3276 <ruby>見方<rt>み かた</rt></ruby>₃,₂	名 看法，觀點	
3277 <ruby>味方<rt>み かた</rt></ruby>₀	名 我方，同伴	⇔<ruby>敵<rt>てき</rt></ruby>
3278 <ruby>三日月<rt>み かづき</rt></ruby>₀	名 (農曆初三的)新月	
3279 <ruby>見事<rt>み ごと</rt></ruby>₁	ナ形 令人驚嘆的，精采的； 　　徹底的	
3280 <ruby>岬<rt>みさき</rt></ruby>₀	名 海岬，海角	
3281 <ruby>惨<rt>みじ</rt></ruby>め₁	ナ形 悲慘的	
3282 ミシン₁	名 縫紉機　《sewing machine》	
3283 ミス₁	名 自Ⅲ 失敗，失誤　《miss》	
3284 <ruby>自<rt>みずか</rt></ruby>ら₁	名 自己，自身 副 親自	

み

3285	みずぎ 水着 0	名 泳裝
3286	みせや 店屋 2	名 商店
3287	〜みたいだ	助動 像〜一樣；似乎〜 ☆「まるで夢みたいだ」
3288	みだ 見出し 0	名 標題；詞條
3289	みちじゅん 道順 0	名 路線
3290	み 満ちる 2	自II 充滿；屆滿
3291	みつ 蜜 1	名 蜜
3292	みっともない 5	イ形 不像樣的，丟人的
3293	みつ 見詰める 0,3	他II 注視，凝視
3294	みと 認める 0	他II 認定；承認；允許

み

3295 <ruby>見直<rt>みなお</rt></ruby>す 0,3	他I 重看，再看； 重新認識、評估
3296 <ruby>見慣<rt>みな</rt></ruby>れる 0,3	自II 看慣
3297 <ruby>醜<rt>みにく</rt></ruby>い 3	イ形 難看的，醜陋的 ⇔³<ruby>美<rt>うつく</rt></ruby>しい
3298 <ruby>実<rt>みの</rt></ruby>る 2,0	自I (作物)成熟，結果； 有成果
3299 <ruby>身分<rt>みぶん</rt></ruby> 1	名 身分，地位
3300 <ruby>見本<rt>みほん</rt></ruby> 0	名 樣本，樣品；典型
3301 <ruby>見舞<rt>みま</rt></ruby>い 0	名 探望，慰問
3302 <ruby>見舞<rt>みま</rt></ruby>う 0,2	他I 探望，慰問
3303 <ruby>未満<rt>みまん</rt></ruby> 1	名 未満 ∞³<ruby>以下<rt>いか</rt></ruby>
3304 <ruby>土産<rt>みやげ</rt></ruby> 0	名 土産，特産；伴手

み

3305 <ruby>都<rt>みやこ</rt></ruby>₀	名 首都； (具某特色的)大都市	☆「<ruby>花<rt>はな</rt></ruby>の<ruby>都<rt>みやこ</rt></ruby>パリ」
3306 <ruby>妙<rt>みょう</rt></ruby>₁	名 ナ形 巧妙；奇怪，不可思議	
3307 <ruby>明<rt>みょう</rt></ruby>〜	接頭 明〜	☆「<ruby>明年<rt>みょうねん</rt></ruby>」
3308 <ruby>明後日<rt>みょうごにち</rt></ruby>₃	名 後天	→⁴あさって
3309 <ruby>名字<rt>みょうじ</rt></ruby>₁	名 姓	
3310 <ruby>未来<rt>みらい</rt></ruby>₁	名 未來	∞<ruby>過去<rt>かこ</rt></ruby>、<ruby>現在<rt>げんざい</rt></ruby>
3311 ミリ₁／ミリメートル₃	名 毫米，公釐	《法milli／millimètre》
3312 <ruby>魅力<rt>みりょく</rt></ruby>₀	名 魅力	
3313 <ruby>診<rt>み</rt></ruby>る₁	他Ⅱ 診察，看病	
3314 ミルク₁	名 牛乳	《milk》

み

3315 みんかん **民間**。	名 民間	
3316 みんしゅ **民主〜**	名 民主〜	☆「民主政治」みんしゅせいじ
3317 みんよう **民謡**。	名 民謡	

み

3318 ^む無 1,0	名 無
3319 ^む向かい 0	名 對面
3320 ^{むか}迎え 0	名 迎接
3321 ^む向き 1	名 朝向，方向；適合 ☆「子供向きの本」
3322 ^む向く 0	自Ⅰ 朝向；適合 ∞ ^む向ける
3323 ^む剝く 0	他Ⅰ 剝，削
3324 ～^む向け 0	接尾 朝向～，以～為對象 ☆「アメリカ向けの輸出」
3325 ^む向ける 0	他Ⅱ 把～朝向 ∞ ^む向く

む

3326 <ruby>無限<rt>むげん</rt></ruby>。	名 ナ形 無限
3327 <ruby>無視<rt>むし</rt></ruby>1	名 他Ⅲ 無視，忽視
3328 <ruby>無地<rt>むじ</rt></ruby>1	名 無花紋，素面
3329 <ruby>蒸し暑い<rt>む あつ</rt></ruby>4	イ形 悶熱的
3330 <ruby>虫歯<rt>むしば</rt></ruby>。	名 蛀牙
3331 <ruby>矛盾<rt>むじゅん</rt></ruby>。	名 自Ⅲ 矛盾
3332 <ruby>寧ろ<rt>むし</rt></ruby>1	副 寧可，（與其…）倒不如
3333 <ruby>蒸す<rt>む</rt></ruby>1	他Ⅰ 蒸
3334 <ruby>無数<rt>むすう</rt></ruby>2,0	名 ナ形 無數
3335 <ruby>結ぶ<rt>むす</rt></ruby>。	他Ⅰ 繫；連結；締結 ⇔<ruby>解く<rt>と</rt></ruby>、ほどく

む

3336 むだ **無駄** 0	名 ナ形 徒勞，白費	
3337 むちゅう **夢中** 0	名 ナ形 熱衷，著迷 ☆「テレビゲームに夢中だ」 <ruby>むちゅう<rt></rt></ruby>	
3338 むね **胸** 2	名 胸；心中	
3339 むらさき **紫** 2	名 紫色	
3340 むりょう **無料** 0,1	名 免費	⇔ 有料 <ruby>ゆうりょう<rt></rt></ruby> → ただ
3341 む **群れ** 2	名 (人、動物)群，夥	

む

まみむ **め** も

3342 め **芽**₁	名 芽	
3343 めい **姪**₁,₀	名 姪女，外甥女	⇔ おい
3344 めい **名~**	接頭 名~，知名~ ☆「名選手」	めいせんしゅ
3345 めい **~名**	助数 〔禮貌用法〕~名， ~人，~位	

いちめい 一名₂	ろくめい 六名₂
にめい 二名₁	ななめい しちめい 七名₂／七名₂
さんめい 三名₁	はちめい 八名₂
よんめい よめい 四名₁／四名₁	きゅうめい 九名₁
ごめい 五名₁	じゅうめい 十名₁

3346 めいかく **明確**₀	名 ナ形 明確

め

3347 **名作**₀ <ruby>めいさく<rp>(</rp><rt></rt><rp>)</rp></ruby>	名 名作，傑作
3348 **名刺**₀ <ruby>めいし<rp>(</rp><rt></rt><rp>)</rp></ruby>	名 名片
3349 **名詞**₀ <ruby>めいし<rp>(</rp><rt></rt><rp>)</rp></ruby>	名 名詞
3350 **名所**₃,₀ <ruby>めいしょ<rp>(</rp><rt></rt><rp>)</rp></ruby>	名 名勝
3351 **命じる／命ずる**₀,₃ <ruby>めい<rp>(</rp><rt></rt><rp>)</rp></ruby> <ruby>めい<rp>(</rp><rt></rt><rp>)</rp></ruby>	他Ⅱ 他Ⅲ 命令；任命
3352 **迷信**₀ <ruby>めいしん<rp>(</rp><rt></rt><rp>)</rp></ruby>	名 迷信
3353 **名人**₃ <ruby>めいじん<rp>(</rp><rt></rt><rp>)</rp></ruby>	名 能手，聖手
3354 **名物**₁ <ruby>めいぶつ<rp>(</rp><rt></rt><rp>)</rp></ruby>	名 名産
3355 **銘々**₃ <ruby>めいめい<rp>(</rp><rt></rt><rp>)</rp></ruby>	名 各自
3356 **命令**₀ <ruby>めいれい<rp>(</rp><rt></rt><rp>)</rp></ruby>	名 他Ⅲ 命令；行政命令

め

3357 めいわく **迷惑**1	名 ナ形 自Ⅲ 為難，麻煩 ☆「迷惑をかける」
3358 めうえ **目上**0,3	名 上司；長輩　　⇔ 目下
3359 **メーター**0,1	名 (水電等的)儀錶，計量器 《meter》
3360 **メール**1,0／ eメール3／Eメール3	名 電子郵件 《mail／electronic mail》
3361 めぐ **恵まれる**0	自Ⅱ 富有(才能、資源等)； 　　幸福，富裕
3362 めぐ **巡る**0	自Ⅰ 圍繞；周遊；循環
3363 めざ **目指す**2	他Ⅰ 以～為目標 ☆「優勝を目指して頑張る」
3364 めざ **目覚まし**2	名 清醒，提神；〔略語〕鬧鐘
3365 めし **飯**2	名 飯
3366 めした **目下**3,0	名 部下；晚輩　　⇔ 目上

め

3367	目印<ruby>めじるし</ruby>₂	名 記號
3368	目立つ₂	自I 顯眼，引人注目
3369	めちゃくちゃ₀	名 ナ形 亂七八糟
3370	めっきり₃	副 明顯，顯著
3371	滅多₁	ナ形 任意的，胡亂的 ☆「めったなことは言えない」
3372	めでたい₃	イ形 可喜可賀的 → おめでたい
3373	メニュー₁	名 菜單　　　　《法 menu》
3374	目眩₂	名 目眩，暈眩
3375	メモ₁	名 他III 便條，備忘錄； 記入備忘錄 《memo》
3376	目安_{0,1}	名 標準，目標

め

3377 めん **面**₁	名 表面；方面
3378 めん **綿**₁	名 棉
3379 めんきょ **免許**₁	名 他Ⅲ 許可；執照，許可證 ☆「運転免許」
3380 めんぜい **免税**₀	名 他Ⅲ 免税
3381 めんせき **面積**₁	名 面積
3382 めんせつ **面接**₀	名 自Ⅲ 會面；面試
3383 めんどう **面倒**₃	名 ナ形 麻煩；照料
3384 めんどうくさい **面倒臭い**₆	イ形 非常麻煩的
3385 **メンバー**₁	名 成員 《member》

め

3386	<ruby>儲<rt>もう</rt></ruby>かる 3	自Ⅰ 賺錢，得利　∞もうける
3387	<ruby>儲<rt>もう</rt></ruby>ける 3	他Ⅱ 賺，獲利　　∞もうかる
3388	<ruby>申<rt>もう</rt></ruby>し<ruby>込<rt>こ</rt></ruby>む 4.0	他Ⅰ 申請，報名
3389	<ruby>申<rt>もう</rt></ruby>し<ruby>訳<rt>わけ</rt></ruby> 0	名 辯解
3390	<ruby>申<rt>もう</rt></ruby>し<ruby>訳<rt>わけ</rt></ruby>ない 6	イ形 非常抱歉的 　☆「<ruby>申<rt>もう</rt></ruby>し<ruby>訳<rt>わけ</rt></ruby>ない<ruby>気持<rt>きも</rt></ruby>ち」
3391	<ruby>毛布<rt>もうふ</rt></ruby> 1	名 毛毯
3392	<ruby>燃<rt>も</rt></ruby>える 0	自Ⅱ 燃燒；(希望等)燃起 　　　　∞<ruby>燃<rt>も</rt></ruby>やす
3393	モーター 1	名 馬達，電動機　《motor》

も

3394 もくざい **木材** 2,0	名 木材	→ さいもく 材木
3395 もくじ **目次** 0	名 目次，目錄	
3396 もくてき **目的** 0	名 目的	⇔ しゅだん 手段
3397 もくひょう **目標** 0	名 目標	
3398 もくよう **木曜** 3,0 ／ もく **木** 1	名 星期四	→⁴ もくよう び 木曜日
3399 もぐ **潜る** 2	自I 潛入（水中）；鑽進	
3400 もじ もんじ **文字／文字** 1	名 文字，字	
3401 **もしかしたら** 1	副 也許，或許	
3402 **もしかすると** 1	副 或許，說不定	
3403 **もしも** 1	副 如果，萬一	

も

3404 もたれる₃	自Ⅱ	靠，靠在(牆壁等)
3405 モダン₀	ナ形	現代的，時髦的 《modern》
3406 もち 餅₀	名	年糕
3407 ～持ち	接尾	由～負擔 ☆「費用は会社持ちだ」
3408 も あ 持ち上げる₀,₄	他Ⅱ	舉起；捧，奉承
3409 もち 用いる₃,₀	他Ⅱ	使用；採納；任用
3410 もったいない₅	イ形	可惜的，浪費的
3411 もっと 最も₃,₁	副	最
3412 もっと 尤も₃,₁	ナ形	合理的，理所當然的
3413 モデル₁,₀	名	模型；模範；模特兒 《model》

も

3414	もと **元** 0	名 起源；原因；資本
3415	もと **基** 2,0	名 基礎，根基
3416	もと **素** 2,0	名 原料
3417	もど **戻す** 2	他Ⅰ 歸還，使返回；嘔吐 ∞ 3 **戻る**
3418	もと **基づく** 3	自Ⅰ 根據，基於
3419	もと **求める** 3	他Ⅱ 尋求，追求；要求 ☆「意見を求める」
3420	もともと **元々** 0	副 原來，本來
3421	もの **者** 2	名〔蔑稱、謙稱〕人
3422	ものおき **物置** 3,4	名 小倉庫，雜物間
3423	ものおと **物音** 3,4	名 聲響

も

3424 <ruby>物語<rt>ものがたり</rt></ruby>₃	名 故事；傳奇故事
3425 <ruby>物語<rt>ものがた</rt></ruby>る₄	他Ⅰ 講，談
3426 <ruby>物事<rt>ものごと</rt></ruby>₂	名 事物，事情
3427 <ruby>物差<rt>ものさ</rt></ruby>し₃	名 尺；標準，尺度
3428 <ruby>物凄<rt>ものすご</rt></ruby>い₄	イ形 恐怖的；(程度)驚人的
3429 モノレール₃	名 單軌鐵路，單軌電車 《monorail》
3430 <ruby>紅葉<rt>もみじ</rt></ruby>₁	名 紅葉(槭、楓) →<ruby>紅葉<rt>こうよう</rt></ruby>
3431 <ruby>揉<rt>も</rt></ruby>む₀	他Ⅰ 搓，揉；按摩；爭辯
3432 <ruby>燃<rt>も</rt></ruby>やす₀	他Ⅰ 燃燒；激發(鬥志等) ∞<ruby>燃<rt>も</rt></ruby>える
3433 <ruby>模様<rt>もよう</rt></ruby>₀	名 花樣，圖案；情形

も

3434 もよお **催し** 0	名 集會，盛大活動
3435 も **盛る** 0	他 I 盛滿；堆積
3436 もん **～問**	助数 (問題)～題

いちもん 一問 2	ろくもん 六問 2
に もん 二問 1	なな もん しちもん 七問 2／七問 2
さんもん 三問 1	はちもん 八問 2
よんもん 四問 1	きゅうもん 九問 1
ご もん 五問 0.1	じゅうもん 十問 1

3437 もんく **文句** 1	名 詞句；不滿，不平 ☆「もん く 文句をつける」
3438 もんどう **問答** 3	名 自 III 問答；討論，議論

も

や ゅよ

3439 ～夜	助数 ～夜

いち や
一夜 2

に や
二夜 1

さん や
三夜 1

よん や
四夜 1

ご や
五夜 1

ろく や
六夜 2

しち や　　なな や
七夜 2／七夜 2

はち や
八夜 2

きゅう や　　く や
九夜 1／九夜 1

じゅう や
十夜 1

3440 やがて。	副 不久，即將

3441 やかましい 4	イ形 吵雜的；嚴格的； 挑剔的

3442 夜間 1,0	名 夜間
や かん	

3443 薬缶。	名 (燒水用的)水壺
や かん	

や

3444 <ruby>役<rt>やく</rt></ruby>₂	名 任務；職務；(戲劇)角色
3445 <ruby>約<rt>やく</rt></ruby>₁	副 大約
3446 <ruby>訳<rt>やく</rt></ruby>₁	名 譯，翻譯
3447 <ruby>役者<rt>やくしゃ</rt></ruby>₀	名 演員；能幹的人
3448 <ruby>役所<rt>やくしょ</rt></ruby>₃	名 政府機關，公所
3449 <ruby>訳す<rt>やく</rt></ruby>₂／<ruby>訳する<rt>やく</rt></ruby>₃	他I 他III 譯，翻譯
3450 <ruby>役立つ<rt>やくだ</rt></ruby>₃	自I 有益，有用
3451 <ruby>役人<rt>やくにん</rt></ruby>₀	名 公務員，官員 →₃<ruby>公務員<rt>こうむいん</rt></ruby>
3452 <ruby>薬品<rt>やくひん</rt></ruby>₀	名 藥品
3453 <ruby>役目<rt>やくめ</rt></ruby>₃	名 職責，角色

3454 <ruby>役割<rt>やくわり</rt></ruby> 0,3,4	名	角色；分派職務、角色
3455 <ruby>火傷<rt>やけど</rt></ruby> 0	名 自Ⅲ	燒傷，燙傷
3456 <ruby>夜行<rt>やこう</rt></ruby> 0	名	夜間行動；〔略語〕夜間列車
3457 <ruby>矢印<rt>やじるし</rt></ruby> 2	名	箭頭符號
3458 <ruby>家賃<rt>やちん</rt></ruby> 1	名	房租
3459 <ruby>厄介<rt>やっかい</rt></ruby> 1	名 ナ形	麻煩，棘手；照顧
3460 <ruby>薬局<rt>やっきょく</rt></ruby> 0	名	（醫院的）藥局；藥房
3461 やっつける 4	他Ⅱ	狠狠教訓，擊敗
3462 <ruby>宿<rt>やど</rt></ruby> 1	名	住宿處，（日式）旅館
3463 <ruby>雇う<rt>やと</rt></ruby> 2	他Ⅰ	僱用；租（車、船等）

や

3464 <ruby>家<rt>や</rt></ruby><ruby>主<rt>ぬし</rt></ruby> 1,0	名 房東	→ <ruby>大家<rt>おおや</rt></ruby>
3465 <ruby>屋<rt>や</rt></ruby><ruby>根<rt>ね</rt></ruby> 1	名 屋頂；（車、船）篷	
3466 <ruby>破<rt>やぶ</rt></ruby>く 2	他I 弄破，撕破	→ <ruby>破<rt>やぶ</rt></ruby>る
3467 <ruby>破<rt>やぶ</rt></ruby>る 2	他I 弄破；破壞；違背；打破（紀錄等）	⇔ <ruby>守<rt>まも</rt></ruby>る
3468 <ruby>破<rt>やぶ</rt></ruby>れる 3	自II 破，破損；破裂；破滅	∞ <ruby>破<rt>やぶ</rt></ruby>る
3469 やむを<ruby>得<rt>え</rt></ruby>ない 4	連語 無奈，不得已	
3470 <ruby>辞<rt>や</rt></ruby>める 0	他II 辭職 ☆「<ruby>会社<rt>かいしゃ</rt></ruby>を<ruby>辞<rt>や</rt></ruby>める」	
3471 やや 1	副 稍微	
3472 <ruby>軟<rt>やわ</rt></ruby>らかい 4	イ形 軟的；淺顯的 ⇔ 3 <ruby>硬<rt>かた</rt></ruby>い ☆「<ruby>軟<rt>やわ</rt></ruby>らかい<ruby>文章<rt>ぶんしょう</rt></ruby>」	

や

や **ゆ** よ

3473 ゆいいつ **唯一** 1	名 唯一	
3474 ゆうえんち **遊園地** 3	名 遊樂園	
3475 ゆうかん **夕刊** 0	名 晚報	ちょうかん ⇔ 朝刊
3476 ゆうき **勇気** 1	名 勇氣	
3477 ゆうこう **友好** 0	名 友好	
3478 ゆうこう **有効** 0	名 ナ形 有效	
3479 ゆうしゅう **優秀** 0	名 ナ形 優秀	
3480 ゆうしょう **優勝** 0	名 自Ⅲ 冠軍，優勝	

ゆ

3481 ゆうじょう **友情** 0	名 友情	
3482 ゆうじん **友人** 0	名 友人，朋友	→ 4 ^{ともだち}友達
3483 ゆうそう **郵送** 0	名 他Ⅲ 郵寄	
3484 ゆうだち **夕立** 0	名 陣雨，雷陣雨	
3485 ゆうのう **有能** 0	名 ナ形 有才能，能幹	
3486 ゆうひ **夕日** 0	名 夕陽	
3487 ゆうびん **郵便** 0	名 郵政；郵件	
3488 ゆう **夕べ** 3	名 傍晚；晚會	
3489 **ユーモア** 1	名 幽默	《humor》
3490 ゆうゆう **悠々** 3,0	タルト 悠閒，從容不迫	☆「^{ゆうゆう}悠々と^{ある}歩く」

3491 **有利** ₁ ゆうり	名 ナ形 有利	⇔不利 ふり
3492 **有料** ₀ ゆうりょう	名 收費，須付費	⇔無料 むりょう
3493 **床** ₀ ゆか	名 (高於原地面的)地板	
3494 **愉快** ₁ ゆかい	ナ形 愉快的，令人愉快的 ☆「愉快な人」 ゆかい　ひと	
3495 **浴衣** ₀ ゆかた	名 夏季的單層和服	
3496 **行方** ₀ ゆくえ	名 下落，去向	
3497 **湯気** ₁ ゆげ	名 水蒸氣，熱氣	
3498 **輸血** ₀ ゆけつ	名 自Ⅲ 輸血	
3499 **譲る** ₀ ゆず	他Ⅰ 讓，傳；讓步	
3500 **輸送** ₀ ゆそう	名 他Ⅲ 輸送，運輸	

ゆ

3501 <ruby>豊<rt>ゆた</rt></ruby>か₁	ナ形 豊富的；富裕的 ⇔<ruby>貧<rt>まず</rt></ruby>しい
3502 <ruby>油断<rt>ゆだん</rt></ruby>₀	名 自Ⅲ 疏忽，粗心大意
3503 <ruby>茹<rt>ゆ</rt></ruby>でる₂	他Ⅱ（用熱水）煮
3504 <ruby>湯飲<rt>ゆの</rt></ruby>み₃	名〔略語〕茶碗，茶杯
3505 <ruby>緩<rt>ゆる</rt></ruby>い₂	イ形 鬆的；不嚴格的； 緩慢的 ⇔きつい
3506 <ruby>許<rt>ゆる</rt></ruby>す₂	他Ⅰ 原諒；赦免；允許

ゆ

やゆ **よ**

3507	<ruby>夜<rt>よ</rt></ruby> 1	名 夜
3508	<ruby>夜<rt>よ</rt></ruby><ruby>明<rt>あ</rt></ruby>け 3	名 黎明，拂曉
3509	よいしょ 1	感 (抬重物時)嗨喲
3510	<ruby>酔<rt>よ</rt></ruby>う 1	自I 喝醉；暈(車等)；陶醉
3511	<ruby>容易<rt>ようい</rt></ruby> 0	名 ナ形 容易，簡單
3512	<ruby>溶岩<rt>ようがん</rt></ruby> 1,0	名 熔岩
3513	<ruby>容器<rt>ようき</rt></ruby> 1	名 容器
3514	<ruby>陽気<rt>ようき</rt></ruby> 0	名 ナ形 歡樂，開朗

よ

3515 ようきゅう **要求** 0	名 他Ⅲ 要求
3516 ようご **用語** 0	名 措辭；術語
3517 ようし **要旨** 1	名 要旨，要點 ☆「要旨をまとめる」
3518 ようし **用紙** 1,0	名 用紙，表格
3519 ようじ **幼児** 1	名 幼兒
3520 ようじん **用心** 1	名 自Ⅲ 留神，注意
3521 ようす **様子** 0	名 情形；外貌；舉止；跡象
3522 よう **要するに** 3	副 總而言之
3523 ようせき **容積** 1	名 容積，容量；體積 たいせき →体積
3524 ようそ **要素** 1	名 要素

よ

3525 **幼稚** 0,1 ようち	名 ナ形 年幼；(思想等)幼稚
3526 **幼稚園** 3 ようちえん	名 幼稚園
3527 **要点** 3 ようてん	名 要點，重點
3528 **用途** 1 ようと	名 用途
3529 **曜日** 0 ようび	名 星期(的各天)
3530 **洋品店** 3 ようひんてん	名 西式服飾店，洋貨店
3531 **養分** 1 ようぶん	名 養分
3532 **羊毛** 0 ようもう	名 羊毛
3533 **漸く** 0 ようやく	副 好不容易，總算；漸漸
3534 **要領** 3 ようりょう	名 要點；要領，訣竅

よ

3535 ヨーロッパ₃	名 歐洲	《葡 Europa》
3536 <ruby>予<rt>よ</rt></ruby><ruby>期<rt>き</rt></ruby>₁	名 他Ⅲ 預期	
3537 <ruby>翌<rt>よく</rt></ruby>〜	接頭 翌〜，次〜	☆「<ruby>翌<rt>よく</rt></ruby><ruby>朝<rt>あさ</rt></ruby>」、「<ruby>翌<rt>よく</rt></ruby><ruby>日<rt>じつ</rt></ruby>」
3538 <ruby>欲<rt>よく</rt></ruby><ruby>張<rt>ば</rt></ruby>り₃,₄	名 ナ形 貪婪，貪得無厭	
3539 <ruby>余<rt>よ</rt></ruby><ruby>計<rt>けい</rt></ruby>₀	名 ナ形 多，多餘	→<ruby>余<rt>よ</rt></ruby><ruby>分<rt>ぶん</rt></ruby>
3540 <ruby>横<rt>よこ</rt></ruby><ruby>切<rt>ぎ</rt></ruby>る₃	他Ⅰ 橫越	
3541 <ruby>寄<rt>よ</rt></ruby><ruby>越<rt>こ</rt></ruby>す₂	他Ⅰ 寄來，送來；遞給(我)	
3542 <ruby>汚<rt>よご</rt></ruby>す₀	他Ⅰ 弄髒	∞³<ruby>汚<rt>よご</rt></ruby>れる
3543 <ruby>予<rt>よ</rt></ruby><ruby>算<rt>さん</rt></ruby>₀,₁	名 預算	
3544 <ruby>止<rt>よ</rt></ruby>す₁	他Ⅰ 停止，作罷	→³やめる

よ

3545 よ 寄せる。	他II 使靠近；傾注，集中； 寄送 ∞³寄る
3546 よ そ 余所 2,1	名 別處
3547 よ そく 予測。	名 他III 預測
3548 よ かど 四つ角。	名 十字路口
3549 ヨット 1	名 快艇，遊艇 《yacht》
3550 よ ぱら 酔っ払い。	名 醉漢，醉鬼
3551 よなか 夜中 3	名 半夜
3552 よ なか 世の中 2	名 世上，社會
3553 よ び 予備 1	名 預備，準備
3554 よ か 呼び掛ける 4	他II 呼喚，喊叫；呼籲

よ

3555 <ruby>呼<rt>よ</rt></ruby>び<ruby>出<rt>だ</rt></ruby>す ₃	他I 召喚，找(人)出來
3556 <ruby>余分<rt>よぶん</rt></ruby> ₀	名 ナ形 剩餘，多餘　→<ruby>余計<rt>よけい</rt></ruby>
3557 <ruby>予報<rt>よほう</rt></ruby> ₀	名 他III 預報
3558 <ruby>予防<rt>よぼう</rt></ruby> ₀	名 他III 預防
3559 <ruby>読<rt>よ</rt></ruby>み ₂	名 讀；(漢字的)唸法
3560 <ruby>嫁<rt>よめ</rt></ruby> ₀	名 兒媳；新娘
3561 <ruby>余裕<rt>よゆう</rt></ruby> ₀	名 餘裕；從容，沉著
3562 より ₀	副 更加　　★「よりいっそう」
3563 <ruby>因<rt>よ</rt></ruby>る ₀	自I 由於，起因於
3564 <ruby>慶<rt>よろこ</rt></ruby>び／<ruby>喜<rt>よろこ</rt></ruby>び ₀,₄,₃	名 喜悅；喜事

よ

3565 慶ぶ₃ (よろこ)　　他I 祝賀，道賀

よ

らりるれろ

3566 ～等^ら	接尾（不可用於長上）～們 ☆「子供ら^{こども}」	
3567 来^{らい}～	接頭 下～，下一～ ☆「来年度^{らいねん ど}」	
3568 ライター₁	名 打火機	《lighter》
3569 ライト₁	名 光線；燈	《light》
3570 来日^{らいにち}₀	名 自Ⅲ（外國人）來到日本	
3571 楽^{らく}₂	名 ナ形 輕鬆，舒適；容易，簡單	
3572 落第^{らくだい}₀	名 自Ⅲ 落榜；留級 ⇔合格^{ごうかく}	
3573 ラケット₂	名 球拍	《racket》

ら

3574	ラッシュアワー 4	名 交通尖峰時間 《rush hour》
3575	らん 欄 1	名 (表格)欄；(報刊)專欄
3576	ランチ 1	名 午餐；簡便西餐 《lunch》
3577	ランニング 0	名 跑步 《running》
3578	らんぼう 乱暴 0	名 ナ形 自Ⅲ 粗暴；馬虎

ら

ら **り** るれろ

3579 りえき **利益** 1	名 利益；利潤，盈利
3580 り か **理科** 1	名 理科；理學院(系)
3581 りかい **理解** 1	名 他Ⅲ 理解，領會；體諒
3582 りがい **利害** 1	名 利害，利弊
3583 りく **陸** 0	名 陸地 ⇔ うみ 4 海
3584 りこう **利口** 0	名 ナ形 伶俐，機靈
3585 りこん **離婚** 0	名 自Ⅲ 離婚 ⇔ けっこん 4 結婚
3586 **リズム** 1	名 節奏；韻律 《rhythm》

り

3587 りそう **理想**。	名 理想	⇔ 現実 _{げんじつ}
3588 りつ **率**₁	名 率，比率	
3589 **リットル**。	名 公升	《法 litre》
3590 **リボン**₁	名 緞帶，絲帶	《ribbon》
3591 りゃく **略す**₂／りゃく **略する**₃	他Ⅰ 他Ⅲ 簡略，省略	
3592 りゅう **〜流**。	名 〜流，〜品級；〜流派 ☆「一流」、「自己流」 _{いちりゅう} _{じ こ りゅう}	
3593 りゅういき **流域**。	名 流域	
3594 りゅうがく **留学**。	名 自Ⅲ 留學	
3595 りゅうこう **流行**。	名 自Ⅲ 流行 ☆「風邪が流行している」 _{か ぜ りゅうこう}	
3596 りょう **量**₁	名 量，數量，分量	⇔ 質 _{しつ}

り

3597	りょう 寮 1	名 宿舍
3598	りょう 両〜	名 兩〜　　☆「両国」、「両手」
3599	りょう 〜料	接尾 〜費，〜費用 ☆「入場料」
3600	りょう 〜領	名 〜領地，〜屬地 ☆「フランス領」
3601	りょうがえ 両替 0	名 他Ⅲ 兌換，換錢
3602	りょうがわ 両側 0	名 兩側，兩邊
3603	りょうきん 料金 1,0	名 費用
3604	りょうし 漁師 1	名 漁夫
3605	りょうじ 領事 1	名 領事
3606	りょうしゅう 領収 0	名 他Ⅲ （金錢等的）收取

り

3607 りょく **～力**	接尾 ～力 ☆「記憶力」、「影響力」	
3608 りんじ **臨時**₀	名 臨時	⇔ 定期

り

らり **る** れろ

3 609 る　すばん **留守番**。	名 看門；看門的人

る

らりる**れ**ろ

3610 <ruby>例<rt>れい</rt></ruby> ₁	名	例子；慣例
3611 <ruby>礼<rt>れい</rt></ruby> ₁	名	禮節；敬禮
3612 <ruby>例外<rt>れいがい</rt></ruby> ₀	名	例外
3613 <ruby>礼儀<rt>れいぎ</rt></ruby> ₃	名	禮儀，禮貌
3614 <ruby>冷静<rt>れいせい</rt></ruby> ₀	名 ナ形	冷靜
3615 <ruby>零点<rt>れいてん</rt></ruby> ₃,₀	名	零分
3616 <ruby>冷凍<rt>れいとう</rt></ruby> ₀	名 他Ⅲ	冷凍 ☆「<ruby>冷凍食品<rt>れいとうしょくひん</rt></ruby>」
3617 レインコート／レーンコート ₄	名	雨衣 《raincoat》

れ

405

3618 **レクリエーション** 4	名 消遣，娛樂，休閒活動 《recreation》
3619 **レジャー** 1	名 閒暇；娛樂，休閒活動 《leisure》
3620 ^{れつ}**列** 1	名 行列，隊伍；行，直列
3621 ^{れっしゃ}**列車** 0,1	名 列車
3622 ^{れっとう}**列島** 0	名 列島
3623 **レベル** 1,0	名 水準，程度 《level》
3624 ^{れんが}**煉瓦** 1	名 磚
3625 ^{れんごう}**連合** 0	名 自他Ⅲ 聯合
3626 **レンズ** 1	名 透鏡 《lens》
3627 ^{れんそう}**連想** 0	名 他Ⅲ 聯想

れ

3628 れんぞく
連続 。 名 自他Ⅲ 連續，接連

らりるれ **ろ**

3629 **老人** ろうじん 0	名 老人
3630 **蠟燭** ろうそく 3,4	名 蠟燭
3631 **労働** ろうどう 0	名 自Ⅲ 勞動，工作
3632 **ローマ字** じ 3,0	名 羅馬字母，拉丁字母 《拉丁 Roma+字》
3633 **録音** ろくおん 0	名 他Ⅲ 錄音
3634 **ロケット** 2,1	名 火箭 《rocket》
3635 **ロッカー** 1	名 (帶鎖)置物櫃 《locker》
3636 **ロビー** 1	名 (旅館等的)大廳 《lobby》

ろ

3637 ～論^{ろん}	名 ～論，～理論 ☆「芸術論^{げいじゅつろん}」、「人生論^{じんせいろん}」
3638 論^{ろん}じる／論^{ろん}ずる_{0,3}	他Ⅱ 他Ⅲ 論述；談論，議論
3639 論争^{ろんそう}₀	名 自Ⅲ 争論，辯論
3640 論文^{ろんぶん}₀	名 論文

ろ

409

3641 わ **輪**₁	名 圈，環；車輪
3642 わ **和～**	接頭 和～，日本～ ☆「和式」 わ しき
3643 わ **～羽**	助数 (鳥類、兔)～隻

いち わ 一羽₂	ろっ ぱ　　ろく わ 六羽₁／六羽₂
に わ 二羽₁	なな わ　　しち わ 七羽₂／七羽₂
さん ば　　さん わ 三羽₁／三羽₁	はち わ　　はっ ぱ 八羽₂／八羽₁
よん わ　　よん ば 四羽₁／四羽₁	きゅう わ 九羽₁
ご わ 五羽₁	じゅっ ぱ　　じっ ぱ　　じゅう わ 十羽₁／十羽₁／十羽₁

3644 **ワイン**₁	名 葡萄酒　　　　　　《wine》
3645 わえい **和英**₀	名 日語與英語；　　⇔ 英和 えい わ 〔略語〕和英辭典

3646 <ruby>我<rt>わ</rt></ruby>が〜 1	連体	吾〜，我的〜， 我們的〜 ☆「<ruby>我<rt>わ</rt></ruby>が<ruby>社<rt>しゃ</rt></ruby>」
3647 わがまま 3,4	名 ナ形	任性，放肆
3648 <ruby>別<rt>わか</rt></ruby>れ 3	名	分離，離別
3649 <ruby>分<rt>わ</rt></ruby>かれる 3	自II	分開，區分；分歧 ∞ <ruby>分<rt>わ</rt></ruby>ける
3650 <ruby>若々<rt>わかわか</rt></ruby>しい 5	イ形	(覺得)年輕的，朝氣 蓬勃的
3651 <ruby>脇<rt>わき</rt></ruby> 2	名	腋下；旁邊
3652 <ruby>湧<rt>わ</rt></ruby>く 0	自I	湧出；産生，湧現
3653 <ruby>分<rt>わ</rt></ruby>ける 2	他II	區分；分配 ∞ <ruby>分<rt>わ</rt></ruby>かれる
3654 わざと 1	副	故意，存心
3655 <ruby>僅<rt>わず</rt></ruby>か 1	副	僅 ☆「わずか 5 <ruby>分<rt>ふん</rt></ruby>だ」 名 ナ形 少許，一點點

わ

411

3656 <ruby>綿<rt>わた</rt></ruby>₂	名 棉，棉花；棉絮
3657 <ruby>話題<rt>わ だい</rt></ruby>₀	名 話題
3658 <ruby>詫<rt>わ</rt></ruby>びる。	他Ⅱ 道歉
3659 <ruby>和服<rt>わ ふく</rt></ruby>₀	名 和服　　　⇔⁴<ruby>洋服<rt>よう ふく</rt></ruby>
3660 <ruby>笑<rt>わら</rt></ruby>い。	名 笑
3661 <ruby>割合<rt>わりあい</rt></ruby>₀	名 比例，比率
3662 <ruby>割<rt>わ</rt></ruby>り<ruby>算<rt>ざん</rt></ruby>₂	名 除法　　　→<ruby>掛<rt>か</rt></ruby>け<ruby>算<rt>さん</rt></ruby>
3663 <ruby>割<rt>わり</rt></ruby>に／<ruby>割<rt>わり</rt></ruby>と。	副 比較而言，比想像中～
3664 <ruby>割引<rt>わりびき</rt></ruby>₀	名 他Ⅲ 打折，折扣
3665 <ruby>割<rt>わ</rt></ruby>る。	他Ⅰ 打碎，打破；稀釋； （數學）除　　∞³<ruby>割<rt>わ</rt></ruby>れる

わ

3666 悪口₂ わるくち	名 壞話	
3667 我々₀ われわれ	代 我們	
3668 湾₁ わん	名 灣，海灣	
3669 椀／碗₀ わん わん	名 碗	
3670 ワンピース₃	名 連身裙	《one-piece》

わ

付録
<ruby>付録<rt>ふろく</rt></ruby>

1.診療科名（醫療科別）
<ruby>診療科名<rt>しんりょうかめい</rt></ruby>

<ruby>内科<rt>ないか</rt></ruby>	內科	<ruby>眼科<rt>がんか</rt></ruby>	眼科
<ruby>外科<rt>げか</rt></ruby>	外科	<ruby>歯科<rt>しか</rt></ruby>	牙科
<ruby>形成外科<rt>けいせいげか</rt></ruby>	整形外科	<ruby>皮膚科<rt>ひふか</rt></ruby>	皮膚科
<ruby>整形外科<rt>せいけいげか</rt></ruby>	骨科	<ruby>耳鼻科<rt>じびか</rt></ruby>	耳鼻科
リハビリテーション<ruby>科<rt>か</rt></ruby>	復健科	<ruby>耳鼻咽喉科<rt>じびいんこうか</rt></ruby>	耳鼻喉科
		<ruby>麻酔科<rt>ますいか</rt></ruby>	麻醉科
<ruby>小児科<rt>しょうにか</rt></ruby>	小兒科	<ruby>放射線科<rt>ほうしゃせんか</rt></ruby>	放射線科
<ruby>産婦人科<rt>さんふじんか</rt></ruby>	婦產科	<ruby>精神科<rt>せいしんか</rt></ruby>	精神科

2. 十二星座

おひつじざ 牡羊座	牡羊座	てんびんざ 天秤座	天秤座
おうしざ 牡牛座	金牛座	さそりざ 蠍座	天蠍座
ふたござ 双子座	雙子座	いてざ 射手座	射手座
かにざ 蟹座	巨蟹座	やぎざ 山羊座	山羊座
ししざ 獅子座	獅子座	みずがめざ 水瓶座	水瓶座
おとめざ 乙女座	處女座	うおざ 魚座	雙魚座

付
録

3. 自動詞 vs. 他動詞

あたた 暖まる ⇔	あたた 暖める	あ 当てはまる ⇔	あ 当てはめる
あたた 温まる ⇔	あたた 温める	あらわ 現れる ⇔	あらわ 現す
あ 当たる ⇔	あ 当てる	う 浮かぶ ⇔	う 浮かべる

³動く	⇔ 動かす	³乾く	⇔ 乾かす
映る	⇔ 映す	代わる	⇔ 代える
³移る	⇔ 移す	切れる	⇔ ⁴切る
写る	⇔ ³写す	崩れる	⇔ 崩す
³驚く	⇔ 驚かす	砕ける	⇔ 砕く
³下りる	⇔ 下ろす	くっつく	⇔ くっつける
⁴降りる	⇔ 降ろす	苦しむ	⇔ 苦しめる
⁴終わる	⇔ 終える	加わる	⇔ 加える
⁴帰る	⇔ 帰す	越える	⇔ 越す
返る	⇔ ⁴返す	超える	⇔ 超す
隠れる	⇔ 隠す	焦げる	⇔ 焦がす
重なる	⇔ 重ねる	こぼれる	⇔ こぼす
片付く	⇔ ³片付ける	転がる	⇔ 転がす

刺<ruby>さ<rt>さ</rt></ruby>さる	⇔	刺<ruby><rt>さ</rt></ruby>す	

刺さる ⇔ 刺す

冷める ⇔ 冷ます

覚める ⇔ 覚ます

³過ぎる ⇔ 過ごす

³進む ⇔ 進める

ずれる ⇔ ずらす

育つ ⇔ ³育てる

そろう ⇔ そろえる

³倒れる ⇔ 倒す

助かる ⇔ 助ける

建つ ⇔ ³建てる

たまる ⇔ ためる

近付く ⇔ 近付ける

縮む ⇔ 縮める

散らかる ⇔ 散らかす

散る ⇔ 散らす

捕まる ⇔ ³捕まえる

付く ⇔ 付ける

⁴着く ⇔ 着ける

伝わる ⇔ ³伝える

つながる ⇔ つなげる

つぶれる ⇔ つぶす

詰まる ⇔ 詰める

積もる ⇔ 積む

照る ⇔ 照らす

³通る ⇔ 通す

付録

どく	⇔ どける	³逃^にげる	⇔ 逃^にがす
溶^とける	⇔ 溶^とかす、溶^とく	抜^ぬける	⇔ 抜^ぬく
解^とける	⇔ 解^とく	³ぬれる	⇔ ぬらす
届^{とど}く	⇔ ³届^{とど}ける	³残^{のこ}る	⇔ 残^{のこ}す
留^とまる	⇔ 留^とめる	伸^のびる	⇔ 伸^のばす
⁴飛^とぶ	⇔ 飛^とばす	延^のびる	⇔ 延^のばす
³泊^とまる	⇔ 泊^とめる	⁴乗^のる	⇔ 乗^のせる
取^とれる	⇔ ⁴取^とる	載^のる	⇔ 載^のせる
³治^{なお}る	⇔ 治^{なお}す	挟^{はさ}まる	⇔ 挟^{はさ}む
流^{なが}れる	⇔ 流^{なが}す	外^{はず}れる	⇔ 外^{はず}す
³亡^なくなる	⇔ 亡^なくす	離^{はな}れる	⇔ 離^{はな}す
³鳴^なる	⇔ 鳴^ならす	放^{はな}れる	⇔ 放^{はな}す
煮^にえる	⇔ 煮^にる	³冷^ひえる	⇔ 冷^ひやす

引っ掛かる <small>ひ か</small>	⇔	引っ掛ける <small>ひ か</small>	
引っ繰り返る <small>ひ く かえ</small>	⇔	引っ繰り返す <small>ひ く かえ</small>	
広がる <small>ひろ</small>	⇔	広げる <small>ひろ</small>	
³増える <small>ふ</small>	⇔	増やす <small>ふ</small>	
殖える <small>ふ</small>	⇔	殖やす <small>ふ</small>	
膨らむ <small>ふく</small>	⇔	膨らます <small>ふく</small>	
ふさがる	⇔	ふさぐ	
ぶつかる	⇔	ぶつける	
減る <small>へ</small>	⇔	減らす <small>へ</small>	
⁴曲がる <small>ま</small>	⇔	曲げる <small>ま</small>	
混ざる <small>ま</small>	⇔	混ぜる <small>ま</small>	
交ざる <small>ま</small>	⇔	交ぜる <small>ま</small>	

間違う <small>まちが</small>	⇔	³間違える <small>まちが</small>
まとまる	⇔	まとめる
³回る <small>まわ</small>	⇔	回す <small>まわ</small>
向く <small>む</small>	⇔	向ける <small>む</small>
もうかる	⇔	もうける
燃える <small>も</small>	⇔	燃やす <small>も</small>
³戻る <small>もど</small>	⇔	戻す <small>もど</small>
破れる <small>やぶ</small>	⇔	破る <small>やぶ</small>
³汚れる <small>よご</small>	⇔	汚す <small>よご</small>
³寄る <small>よ</small>	⇔	寄せる <small>よ</small>
分かれる <small>わ</small>	⇔	分ける <small>わ</small>
³割れる <small>わ</small>	⇔	割る <small>わ</small>

付録